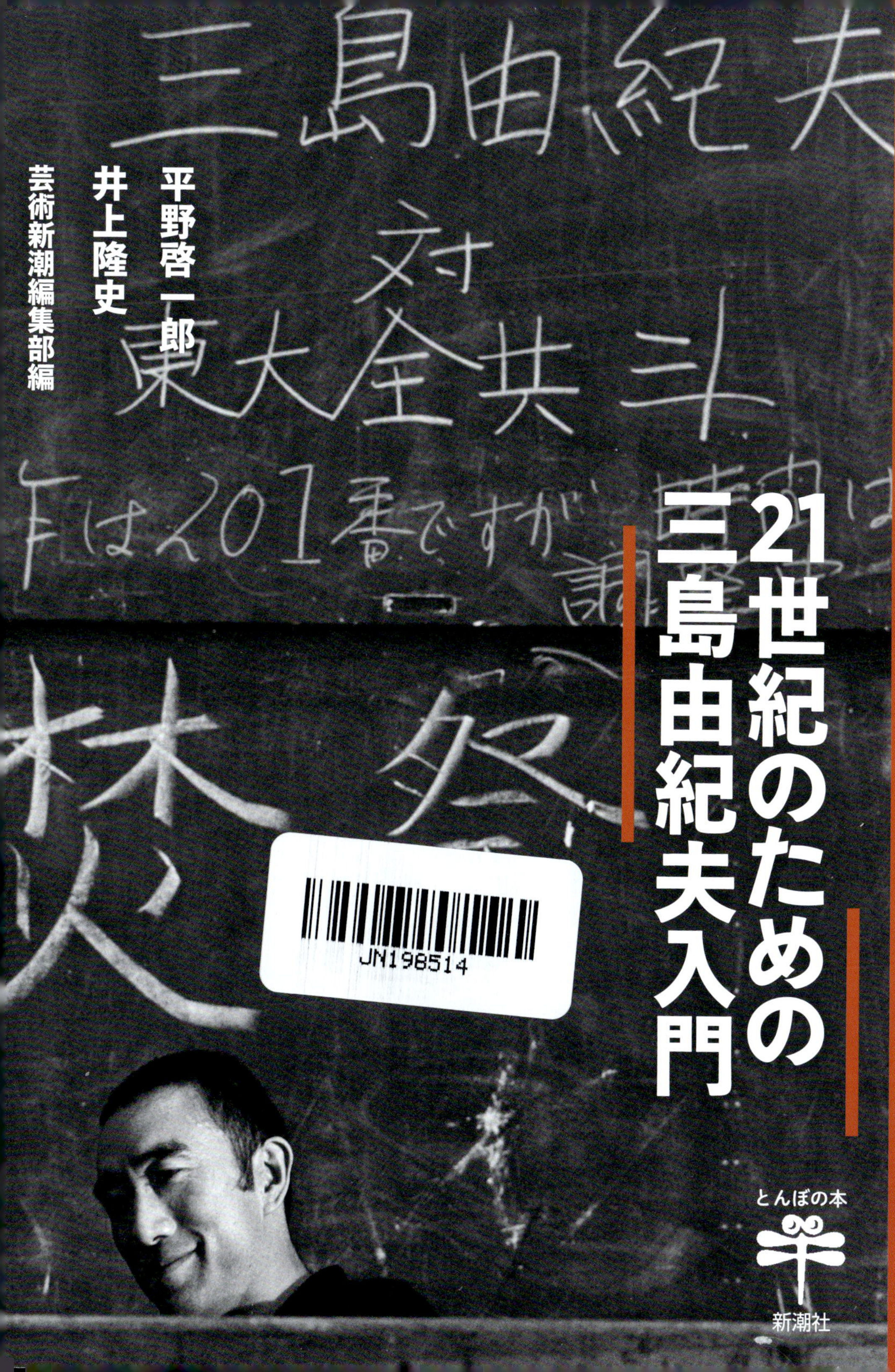

21世紀のための三島由紀夫入門

平野啓一郎
井上隆史
芸術新潮編集部編

とんぼの本
新潮社

目次

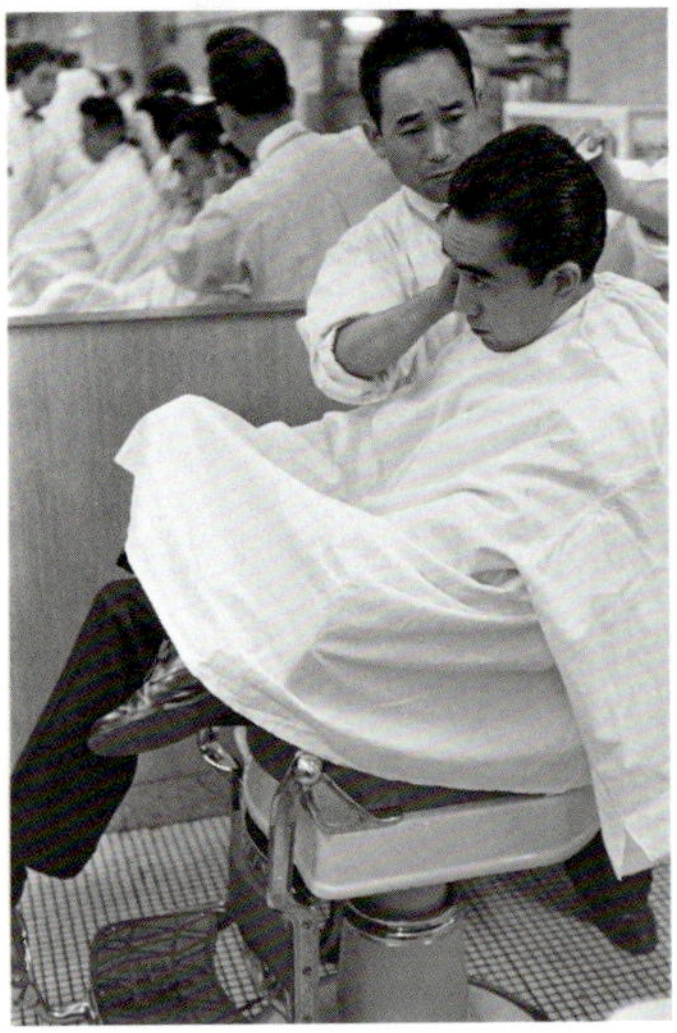

昭和33年1月10日、2回目の世界旅行（108〜125頁参照）から帰国した三島は、羽田から「鹿鳴館」再演中の東横ホールへ直行し、カーテンコールに出る。その前に散髪したのだろう。

自宅書斎にて。撮影日は昭和36年5月23日。長編第20作「獣の戯れ」を擱筆して1週間、戯曲「黒蜥蜴」を構想していた頃である。

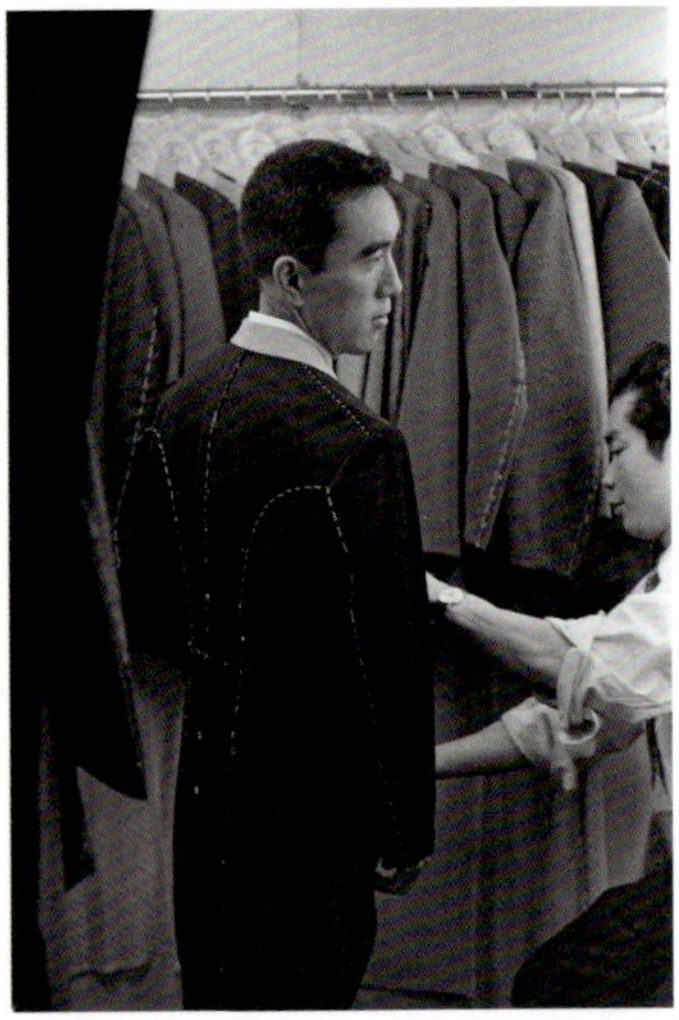

「裸体と衣裳」の昭和33年3月18日のくだりに、〈五時、銀座テイラーで洋服仮縫〉とあるまさにその様子（62〜63頁参照）。

撮影＝新潮社写真部（右頁3点と左頁下）

前頁／東京大学安田講堂が陥落して4ヶ月後の昭和44年5月13日、全共闘の一部学生によって開催された「東大焚祭（ふんさい）」の一環として、〝右翼〟の論客・三島由紀夫を招いての討論会が実現した。駒場キャンパス900番教室を埋める1000人を超える学生を前に約2時間半、火花散る激論の中にもユーモアを交え、三島はすがすがしい笑顔でその場を去った。死のおよそ1年半前のことである。カヴァー写真も同じ時の光景。撮影＝清水寛（新潮社写真部）

昭和32年9月頃、ドミニカ共和国のボカチカ海岸にて。ボディビルを始めて2年が経っている。『旅の絵本』の口絵より。

警視庁を背にして。昭和39年4月15日撮影。

MISHIMA

三島由紀夫ほど多くの映像に姿を残した文学者はいない。
ある時は素顔の青年として、またある時は自己の美学のアイコンとして。

生き急ぐリアルと耽美

左頁／細江英公写真集『薔薇刑』（昭和38年刊）より《**薔薇刑＃32**》。三島の評論集『美の襲撃』の表紙と口絵用の写真を撮るため、昭和36年9月に馬込の三島邸を訪れた細江は三島と意気投合。約10ヶ月間、三島を被写体に撮影した写真シリーズは話題を呼んだ。三島は〈細江氏のカメラの前では、私は自分の精神や心理が少しも必要とされていないことを知った〉と語っている。©細江英公

右頁／昭和24年、松濤の自宅にて。三島はこの年の7月に自伝的書き下ろし長編『仮面の告白』を刊行し、新進作家として地歩を固めた。撮影は同書刊行後の冬か？　炬燵に入って新聞を拡げ、くつろいだ顔にはまだあどけなさが残る。煙草は国産のピースを好み、一日30〜40本は吸ったとか。太宰治、坂口安吾ら破滅型作家の名ポートレイトで知られる林忠彦の撮影。©林忠彦作品研究室

三島はじつは大の猫好き。『仮面の告白』の装幀を手掛けた猪熊弦一郎から譲り受けた毛並みのいい猫を飼っていたというが、この猫だろうか。昭和28年頃、目黒区緑ヶ丘の自宅にて。2019年に刊行された田村茂の写真集『素顔の文士たち』で、初めて発表された1枚。

すばらしき男性たち
三島由紀夫　作家　カメラ／今井寿恵
黒い細っそりしたドレス、衿が花びらのように首をうめている。「きれいだけれど、首の長いひとでないとだめ」と、ダークスーツのおしゃれな三島さんは、なかなか手きびしい批判をくだされた。　デザイン／宮内　裕
30

「婦人画報」昭和39年1月号の特集「すばらしき男性たち」より。同特集には他に中曽根康弘、堤清二、三船敏郎らが登場。三島は昭和34年に新築したヴィクトリア朝コロニアル様式の自邸にて、シックなスーツでキメてみました。撮影は今井寿恵（ひさえ）。

昭和31年の「新潮」3月号グラビア「〈作家の二十四時〉・14」のために大辻清司（きよじ）が撮影した写真より、未掲載の1点。同誌では「金閣寺」を連載中（1～10月号）だった。作家として最も脂がのった時期の笑顔である。武蔵野美術大学 美術館・図書館蔵

映画『人斬り』（昭和44年）では、寡黙な薩摩藩士・田中新兵衛を演じた。虚弱な子供時代から剣道だけは好きだった三島は、33歳で道場に通い始め、この時点で五段。さらに役作りのため鹿児島の示現流も学んだという。月代（さかやき）もお似合いです。衝撃の割腹シーンについては94～97頁の記事をお読みください。

『人斬り』 監督：五社英雄　脚本：橋本忍　フジテレビ、勝プロ 共同製作

昭和31年8月、自由が丘の熊野神社の例大祭で生まれて初めてお神輿を担いだ。見てください、この嬉しそうな表情！幼児期には担ぎ手を眺めていただけにすぎなかった三島が〈行為者のパトスの核心に触れ〉たこの体験については、「太陽と鉄」（74～76頁参照）で熱く語っている。 撮影＝新潮社写真部

「楯の会」の5人は昭和45年11月25日、陸上自衛隊市ヶ谷駐屯地の総監室に立てこもり、三島と森田必勝は切腹。この記念写真は、既に覚悟を決めていたメンバーが同年10月19日に東條会館で撮影したもの。中央の三島を囲んで、左から順に森田必勝、古賀浩靖、小川正洋、小賀正義。

私たちの三島由紀夫

生前の三島を知り、その後の日々を
表現者として生きてきた3人が振り返るあの頃。

歌手・美輪明宏の場合
100本の薔薇の謎

三島さんと初めて出会ったのは、私が国立音楽大学附属高等学校に通いながら、銀座の「ブランスウィック」でボーイのアルバイトをしていた16歳の時です。1階が喫茶店、2階がクラブになっているお店でした。三島さんはちょうど売り出し中の新人で、たしか出版社の方と一緒に2階にお見えになりました。それからほどなくして私が、やはり銀座にあったシャンソン喫茶「銀巴里《ぎんぱり》」の専属歌手になると、評判を聞いた三島さんが来てくださいました。

　年齢は私が三島さんの10歳下で、私は、三島さんにとっては、自分の人生で出会ったことのないものを発見した、そんな感じだったのでしょう。ちまたでは、恋愛関係にあったのではないかとも言われましたが、そのような関係ではありません。三島さんによると、私には95パーセントの長所と5パーセントの短所があり、その5パーセントが95パーセントを吹き飛ばしてしまうほどの欠点なのだそうです。「そんなすばらしい欠点って、いったいなんでしょう？」とお尋ねしてみたら、「俺に惚れないことだ」とおっしゃった。

「ごめんなさいね。私、立派な方はどんなにいい男でも恋愛対象にはならないんです。三島さんはお生まれといい、才能といい、欠点がなさすぎます。私はかわいそうな人が好きなんです」と言うと、「君は誤解をしているぞ。君と別れて、雨の日に傘をさしてひとり帰る俺の後ろ姿を見てみろ。ふるいつきたくなるぐらいかわいそうだぞ」とおっしゃるから、大笑いしました。ふたりでいるとそんな冗談ばかり言っていました。

昭和43年10月、パーティーで歌う丸山明宏（現・美輪明宏）と三島由紀夫。江戸川乱歩原作の「黒蜥蜴」を三島が戯曲化、丸山が主演を務めた舞台はこの年の4月から上演されて大当たりを取り、映画化もされた。photo：毎日新聞社／aflo

　忘れられないのは、亡くなる1週間ほど前のできごとです。私は日劇の11月の舞台に出ていて、休憩時間に楽屋の鏡の前で化粧をしていたら、部屋のちょうど反対側にある入り口が鏡に映り、暖簾の下からピカピカに磨いた靴、きれいにプレスされたズボンが見えました。私が気づくまで、長い間、そこに人が立っていたんです。カチンと頭にきて、「どなた？」と訊いたら、「三島です」と三島さんが入っていらっしゃった。なんと、100本か、それ以上もの真っ赤な薔薇を抱えきれないほど持って。「どうなすったの？」と尋ね、アシスタントに頼んで持ってきてもらった3つのバケツに、その薔薇を入れました。それからひとしきり四方山話をしたのですが、私はなんだか胸騒ぎがして、「どうして私のような者と19年間もおつきあいくださったの？」と訊いたのです。

　三島さんはおっしゃいました。「俺には、大嫌いな奴がいる。膝の上にのぼってくるから頭をなぜてやると、いい気になって肩までのぼってきて、ほうっておくと今度は頭の上までのぼってきて、顔まで舐めだすような奴。そういう奴を俺は絶対に許さない。ところが君にはそういうところがいっさいなかったから、つきあえたんだよ」と。私は中学生時代に読んだ本で、荘子の「君子の交わり淡きこと水のごとし。小人の交わり甘きこと醴《れい》（甘酒）のごとし」という言葉を知り、それを守って生きていました。君子の交わりは、さらっとして、踏み込んじゃいけないところには踏み込まない。「親しき仲にも礼儀あり」をモットーにしてきたので、うまくつきあえたのかもしれませんね」と話しました。

そのうち私は舞台の出番になりました。三島さんは楽屋から出ていきながら、「もう僕は君の楽屋には来ないからな」とおっしゃった。私のコンサートにはよく来てくださっていたので、「どうして？」と訊いたら、ニッコリ笑って、「君は奇麗だったよって、心にもないお世辞を言い続けるのは辛いからね」。その後は、ステージに近い特別席に座り、眼鏡をかけてずっと見ていらして、私は「愛の讃歌」を歌いながら、悲しくもないのになぜか舞台の上で涙を流していたんです。三島さんの死を予感していたのかもしれません。後で考えてみたら、100本の薔薇は、「これから先の分もだよ」という謎々だったわけです。

三島さんは一度、「スターの気持ちを味わいたい」と、私のリサイタルに出演されたことがありました。昭和41年のことです。そのため三島さんの家に1週間、毎日行って練習をしました。三島さん、初めは音痴だったのですが、直りましたよ。すごい意志の力。ふつう音痴は1週間では直りませんもの。リサイタル当日は、私より前に会場の日経ホールに到着されていて、パイプ椅子をいくつか並べてソファ代わりにし、その上に寝そべって、脚を椅子の背に預けておられた。そんなポーズのまま、「スターってなんて傲慢で、いい気持ちなんだろう。君はこういう気持ちをずっと味わっているんだろ？　贅沢だな」とおっしゃった。その場にいらした奥様が「この人ったら、さっきからずっとこれをやってるのよ」とあきれていらっしゃいました。

三島さんは、右翼と言っても、心情右翼だったのだと思います。政治的な右翼には、経済的なことや利害関係がからんでくるでしょう？　そういうことはいっさい無縁の方でしたから。三島さんの右傾化は、心象風景なのです。戦前の少年みたいに、清く正しく美しくというモットーを真に受けて、そのまま大人になった、そういう人でした。文学も美術も、能や狂言、歌舞伎も含め、日本の素晴らしい宝物を誇りに思い、本当に日本を愛していらした。三島さんは右翼だからノーベル賞にふさわしくないなんてことを言う人がいましたね。結局ノーベル賞をお取りになれなくて、ちょっとがっかりしていらした時に、私が「なんですか、あんなもの！　爆弾作ってその罪滅ぼしのために作られた賞でしょ？　私だったら、あっちがくれるって言ったって、突き返してやりますよ」と言ったら、「君は強いね。どうしてそんなに強いんだ？」とおっしゃるので、「半分女だからですよ」とお返事しました。

みわ・あきひろ
1935年、長崎県生れ。16歳で歌手デビューし、「メケ・メケ」「ヨイトマケの唄」などが大ヒット。俳優、演出家、アニメーション映画の声優としても活躍。「黒蜥蜴」「愛の讃歌」ほか主演舞台多数。

美術家・横尾忠則の場合
50年後のコラボレーション

三島さんとのおつきあいがあったのは、晩年の5年半ほどです。昭和41年に「女性自身」で始まった連載エッセイ「をはりの美学」、続いて長編小説「三島由紀夫レター教室」で、足かけ2年にわたり挿絵を担当しました。僕が三島さんをカリカチュアライズしていろんな動物にして描き、三島さんはそれが気に入らなくて編集者に何度もクレームをつけたんですけど、僕は頑固に続けました。『不道徳教育講座』の装幀、三島さんがモデルを務めた細江英公《えいこう》写真集『新輯版《しんしゅうばん》薔薇刑』の装本、『葉隠《はがくれ》入門』の挿絵、歌舞伎『椿説弓張月《ちんせつゆみはりづき》』のポスターやLPジャケットのデザインなどでも、お仕事をご一緒しました。

いつも三島さんから電話がかかってくるか、会う場所を指定する葉書が届くかだったのに、なぜか亡くなる3日前の夜（11月22日深夜）に、自分から電話したんです。真夜中までには帰宅されるのを知っていたので12時前に電話して、しばらく奥さんと話しました。そのうち戻られた三島さんが電話に出

曲亭馬琴の読本（よみほん）を三島が戯曲化した歌舞伎「椿説弓張月」（昭和44年11月、国立劇場大劇場で初演）のポスター。デザインは横尾が手がけた。●1969年　シルクスクリーン　103.0×72.8㎝　ニューヨーク近代美術館蔵

三島が稽古の合間に横尾の事務所を訪ね、台本の表紙［左頁］に鉛筆で書きつけていったポスターのデザイン案。「上手いとか下手とかではなく、わかりやすい絵。これを元に僕が作ったポスターを、三島さんは、明治以降の演劇ポスターの最高傑作だ、なんて新聞に書いちゃうんだから、自画自賛ですよね（笑）」　撮影＝筒口直弘（新潮社）

られ、僕は「雨の中をご苦労さまです」と意味不明なことを言ってしまった。そうしたら一瞬、電話の向こうの三島さんが言葉に詰まりました。後でわかったのですが、日付け変わった23日のその夜はパレスホテルで「楯の会」の人たちと切腹のリハーサルをする、そんな頃だったのです。

少し長い電話になりました。三島さんは『新輯版 薔薇刑』の中に挿絵として僕が描いていたオダリスク風の三島由紀夫像について、「あれは俺の涅《ね》槃《はん》像だろう」と言いました。そんなつもりはなかったのですが、いま思えば、三島さんはもう死ぬことを決めていたから、転生することなく、不退転者《ふたいてんしゃ》として向こうにとどまるつもりだったのでしょう。また、この絵にはヒンドゥーの神々が三島さんを天上へ連れていこうとしている様子を描いていたのですが、「君もこれでもう、インドに行ってもいいよ」と言われました。この絵によって僕がある種のカルマの一部を解脱《げだつ》したと思われたのかもしれません。結果、僕はその後7回もインドに行くことになりました。

その少し前に僕は脚を悪くして入院していて、その間「芸術生活」という雑誌に日記を連載していました。可笑しかったのは、「高倉健と浅丘ルリ子がお見舞いに来たと書いたのに、どうして俺の名前は書かないんだ？」と文句を言うんです。僕はできるだけ正直に言いました。「最近の三島さんは右傾化しているから怖かった。芸術家が政治的になろうとしていることに僕は納得ができないんです」というようなことを。三島さんは黙って聞いていらっしゃいました。「それが君の考えならば、仕方がないね」という感じで。

それから「君は日記の中で泣き言ばかり言っているけど、これからはもっと強く生きなさい」と言われました。突然、妙なことを言われるなと思いましたが、これはやはり亡くなる人の遺言だったんですね。そもそも三島さんは、常日頃から礼儀礼節に厳しい方で、創造が経糸《たていと》だとすると礼儀礼節は緯糸《よこいと》で、その交点に霊性が生まれるのだ、とおっしゃっていました。君の作品は無礼で、今生《こんじょう》ではそれでもいいけれど、天上で認められるためには、霊的な力を持つ必要がある、と。三島さんは相当先のことまで考える人だなと思っていました。

実は三島さんが亡くなる年の夏に、篠山紀信さんが三島さんを撮影する

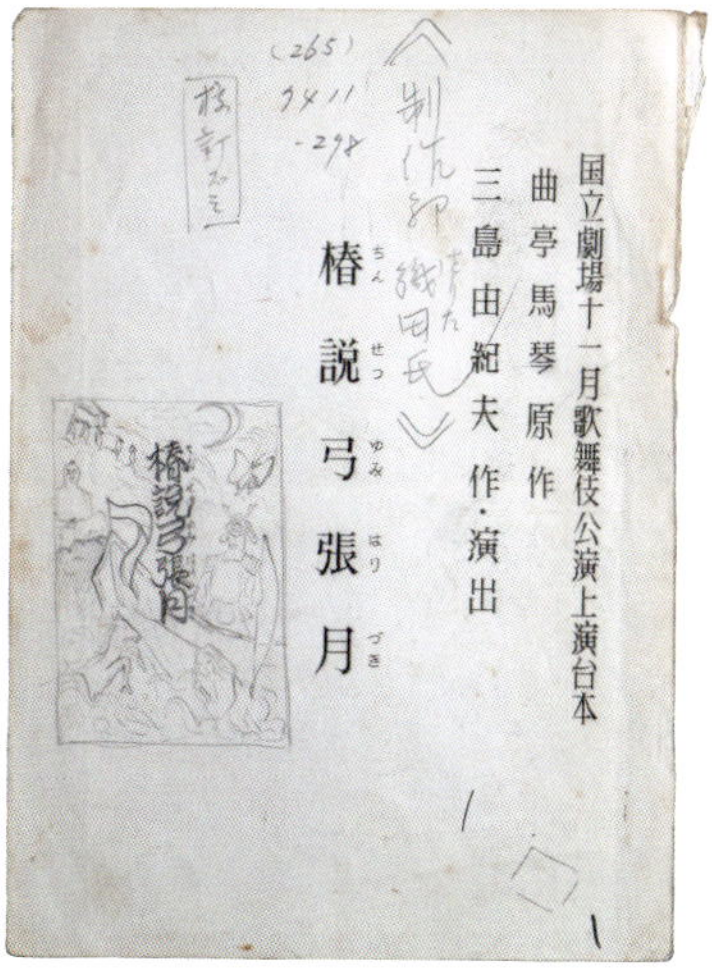

『男の死』という写真集で共演してほしいと依頼され、軽い気持ちで引き受けていました。一緒に写るのではなく、三島さんと僕が対向ページに登場する予定でした。三島さんはきっと地獄絵的なものを演じるだろうから、僕はそれに対して仏教の浄土的世界と、ダンテの天国的世界をやりたいと考えていました。三島さんの分の撮影は済んだのですが、僕の分はとりかからないうちに三島さんが自決してしまいました。結果的には、やらなくてよかったと思います。三島さんは死んでしまって、もう片方のページの僕だけが生き残っていたら、ピエロじゃないですか。

三島さんは現実の世界で、森田必勝《まさかつ》を道連れにされた。フィクションの世界では横尾を道連れにしようと考えたのでしょう。歌舞伎のお稚児的な役割ですね。歌舞伎の世界では主役が演出もやりますが、この写真集で三島さんは歌舞伎をやろうとしていたのだと思います。人生すべて計画通りに進めてきた三島さんに対して、僕は無計画、三島さんの言うアプレゲールです。だからこそ自分とは違うタイプの人間に役割を与え、写真集に両義性を持たせようとしたのかもしれません。三島さんの死をあいまいなものにして、多様な解釈を可能にするために。現実とフィクションを一つのものとしてとらえるのは、三島さんの小説の世界にも通じることで、実は僕の考えの中にもあることなのですが。『男の死』は50年を経て、２０２０年９月にアメリカのリッツォーリ社から出版されました。日本でも豪華版写真集として同年11月に刊行されました。僕は後者のデザインを手掛けることで、ようやく、三島さんとのコラボが実現したことになります。

時が経つにつれ、三島さんが生前、僕に言われたいろんなことがよみがえってきて、そこから三島さんとの本当のつきあいが始まったように思います。今でも、夢で寸評されています。僕がこういうことをしたら、あるいはこういう絵を描いたら、三島さんはどう言うだろうと考えながら仕事をしています。

よこお・ただのり
１９３６年、兵庫県生れ。１９６０年代よりグラフィックデザイナーとして活躍し、１９８０年に画家に転身。２０１５年に高松宮殿下記念世界文化賞受賞。２０２０年、名誉都民に選出。日本芸術院会員、文化功労者。朝日新聞の書評も好評。

31冊目になる詩集『深きより——二十七の聲』を出したのは、三島由紀夫の没後50年にあたる、2020年10月のことでした。稗田《ひえだの》阿《あ》礼《れ》・額田王《ぬかたのおおきみ》から蕪村・河竹黙《もく》阿《あ》弥《み》まで、日本の詩歌の伝統の最も高い山脈をなす詩人・劇詩人27人の霊を呼び出し、それぞれの詩歌との関わりを語ってもらう内容。2年余にわたった雑誌連載が終わったのが前年の早春で、ほっとひと息ついたと言いたいところですが、何か落ち着かない。歴史上の綺羅星のような人たちに、こちらの一存で自分語りをさせてしまった後ろめたさが拭えないのです。もっと近い時代の誰かと親しく語り合って跋とすれば収まるかと考えて、さて、相手は森鷗外がいいか、それとも折口信夫かと迷った挙句、三島由紀夫となら単なる架空対談を超えた深い話ができそうだと思い定めた頃には秋になっていたでしょうか。

　三島は少年時代、詩人たらんと熱望してついにそれに挫折したことになっていますが、書いたのは小説や戯曲であっても、基本的に詩人格の文学者だったと思います。ヴェルレーヌが社会から疎外された詩人たちをさして「呪われた詩人」と述べた意味で、日本の詩人の中で最も呪われた人だったと思います。世間的に有名な小説家であったことなんか関係ありません。

詩人・高橋睦郎の場合

暗い超自然によって

　私は三島とは晩年の6年程付き合いがあり、特に最後の1年はよく会っていました。最初は、私の第2詩集『薔薇の木　にせの恋人たち』を読んで興味を持ってくれたらしく、突然、勤め先の会社に電話がかかってきました。詩集が出たのが昭和39年9月で、その年の年末でした。「明日、会えませんか」とのことでしたけど、翌日もその次の日も先約があった。「君はずいぶん忙しい人だな、今日はどうなんだ」と言われて、とうとうその日のうちに会う流れになりました。

　あちらは高名な小説家で、こちらは駆け出しの詩人。年もひと回り下でしたけど、気後れのようなものはなかったですね。じつはその1年程前にとあるバーですれ違ったことがあり、言葉は交わさなかったものの、ポロシャツ姿でわざと胸毛や筋肉を見せてる様子に、カッコつけてるな、貧相！と思ったんです。その印象のせいもあったかも知れない。しかし、会ってみると意外に優しい人でした。付き合いが長くなって、ふだんは「おい、高橋」なんて言っていても、たとえば松竹の社長に紹介するような場合には、「こちらは詩人の高橋睦郎さんです」と丁寧だし、亡くなる前にはあちこちに「高橋を頼む」と言って回ってくれていたらしい。後でいろんな人からそれを聞いて驚きました。

　最初に会った日も、その頃持ち歩いていた第3詩集用の詩を清書したノートをお目に掛けたら、跋を書いてくれ高橋の第3詩集『眠りと犯しと落下と』（昭和40年刊）に三島が寄せた跋。原稿用紙7枚に記された文字は、整然として美しい。前年刊行の第2詩集『薔薇の木　にせの恋人たち』が〈男色を、その中心主題〉としていたのに対し、本作は旧約聖書のカインとアベルの物語に拠った人間の実存をめぐる悲歌というべきもの。筆者蔵　撮影＝筒口直弘（新潮社）

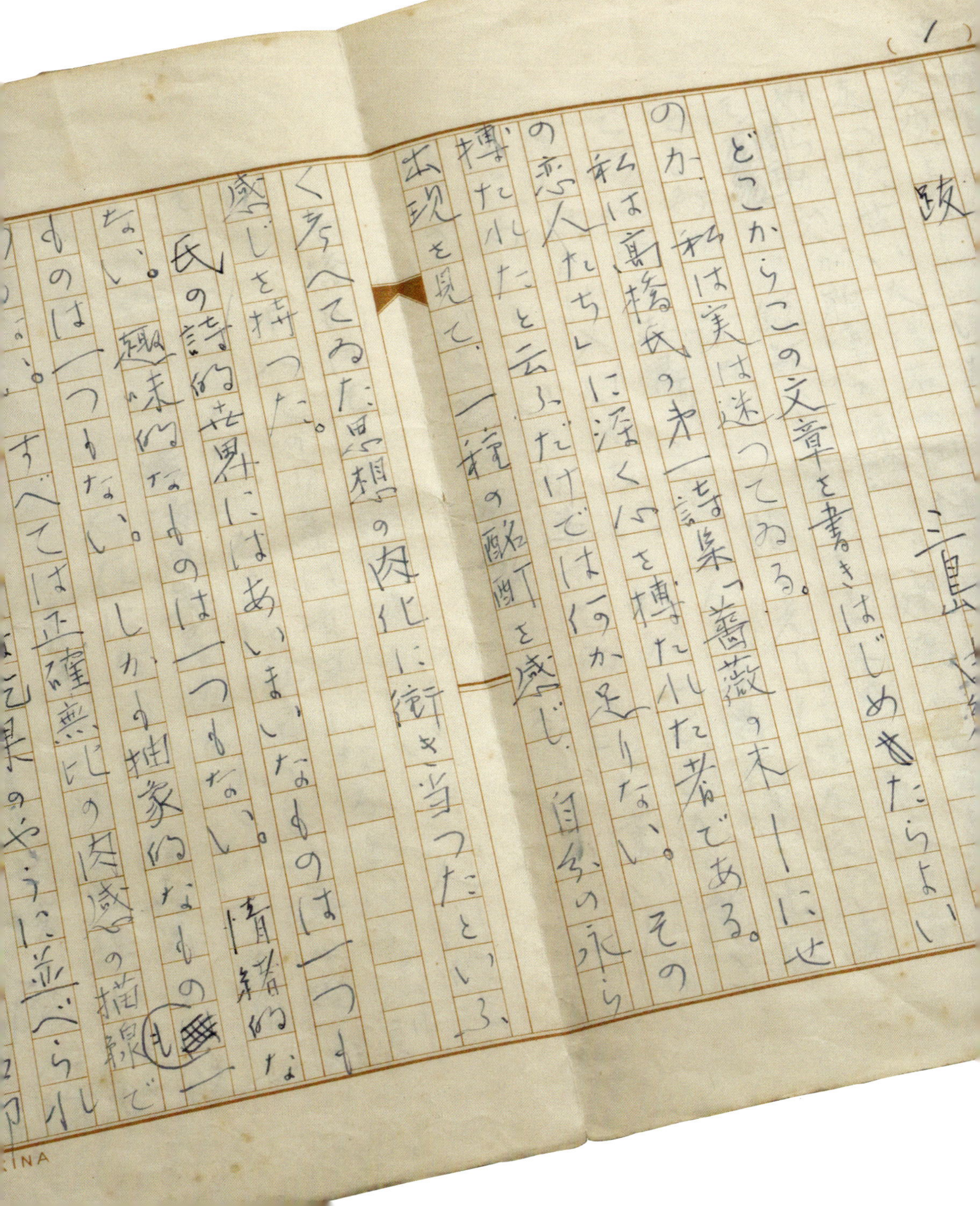
（1）
跋
三島
どこからこの文章を書きはじめたらよい
のか、私は実は迷つてゐる。
私は高橋氏の第一詩集「薔薇の木　にせ
の恋人たち」に深く心を搏たれた者である。その
搏たれたと云ふだけでは何か足りない。
出現を見て、一種の酩酊を感じ、自分の永ら
く考へてゐた思想の肉化に衝き当つたといふ
感じを持つた。
氏の詩的世界にはあいまいなものは一つも
ない。趣味的なものは一つもない。情緒的な
ものは一つもない。しかも抽象的なものも
すべては正確無比の肉感の描線で
のやうに並べられ

るという話になった。「俺はすすんで書くんだから、君は菓子折り一つ持ってきちゃいけないよ」と言ってました。そして約束した日ぴったりに速達で原稿が届く。嬉しかったし、内容はさすがに的確だけど、大袈裟だなとは感じました。高橋氏は灝気天使《イアーリアル・エンジェル》に属しているだなんて言うんですから。

　それにしても思うのは、彼は45歳までにいろんなことをやっちゃったけど、こちらはまだ何にもしてないということ。あと数年もすれば彼の享年の2倍ですよ。それでいてあの人の10分の1の仕事もしていない。怖ろしいことです。もちろん、三島は急ぎ過ぎたと言えば急ぎ過ぎたんだけど、ああいう生き方しかできなかったし、すごい作品を生み出していても、本人としては索漠たるものだったんじゃないか。これはモーツァルトなんかもそうですが、彼らは書かされてるだけなんですから、暗い超自然によって。

　当時は三島が近々死ぬつもりだなんて全く気付かなくて、そのうかつさは僕の問題ですが、後から考えれば死ぬために生きていたような人でした。崩壊したかったんだと思います。世の中に出てはいけないものでしょうけど、三島と森田必勝の検死写真を見たことがあります。それはみじめなものでした。しかし、もともとわかりきったことで、三島はそういうみじめさもどこかで好きだったのかな。本来、作家や詩人はみじめであるべきものなんで、彼がどこかでそれを希求していたとしたら、僕は救いを感じますね。

　ただ、今、名前を出した森田を道連れにしたのはよくなかった。森田の方が三島の背中を押したのだと言う人もいますが、そうなることも含めて三島の台本通りだったと思います。呪われた詩人はやはり独りで死ぬべきで、森田を巻き込んだために不純になってしまった。

　詩集の跋のための三島との架空対談をなんとか終えた後、僕は森田の鎮魂についても考えました。こんどは自分の脳内でのこととしてではなく、最近知り合った若い女性の霊能者を通じて森田の霊に話を聞きました。詳しくは詩集の折込みの栞に書きましたけれど、一つだけ言っておけば、森田の霊は今は三島とは全く別のところにいるそうです。

たかはし・むつお
１９３７年、福岡県生れ。少年時代から創作活動を開始し、詩集31冊をはじめ著書多数。２０１７年、文化功労者、日本芸術院会員に選出、２０２４年、文化勲章を受章。三島についての文章の集成に『在りし、在らまほしかりし三島由紀夫』がある。

三島由紀夫が生まれたのは
大正14年（1925）1月。
翌大正15年12月25日に
昭和と改元されたため、
以後、三島の満年齢は昭和の年数と
ぴたりと一致することになった。
大正浪漫の残り香ただよう
昭和初年に幼年期を送り、
多感な10代はすなわち戦時下の日々。
焼跡から復興への歩みはそのまま
疾風怒濤の20代に重なり、
仕事に家庭に充実した30代は
高度経済成長期。
そして——。深い虚無を抱えながら、
昭和という激動の時代と併走し続けた
45年の人生を読み解く。

学習院初等科に入学した頃の
三島由紀夫（平岡公威）。

昭和と格闘した男 三島由紀夫

よみもの年譜

解説 井上隆史

いのうえ・たかし
1963年、神奈川県生れ。白百合女子大学文学部教授。山中湖文学の森・三島由紀夫文学館研究員。専門は日本近代文学。『決定版　三島由紀夫全集』編集協力。『暴流（ぼる）の人　三島由紀夫』で読売文学賞、やまなし文学賞受賞。

豊かなる自閉 1

幼年期〜少年期

祖母の部屋で育まれたもの

三島由紀夫は大正14年1月14日、農商務省（後の農林省）に勤める平岡梓《あずさ》と妻の倭文重《しずえ》の長男として生まれました。本名は平岡公威《きみたけ》。生家があった四谷の一角は、関東大震災の復興から取り残された暗く猥雑な界隈です。同居していた父方の祖父・定太郎《さだたろう》は兵庫県の農家出身ながら、帝国大学を卒業して樺太庁長官にまでなった人物。しかし大正3年（1914）に疑獄事件の責任をとるかたちで辞職しました。祖母の夏子は武家の血筋で大審院《だいしんいん》判事の娘。行儀見習いで有栖川宮家《ありすがわのみやけ》に預けられていたこともある気位の高い女性だったので、そんな家族の境遇には忸怩《じくじ》たる思いがあり、生後2ヶ月足らずの孫を母親から奪いとって、自尊心を埋め合わせるかのように、自室で育てました。祖母と母の板挟みとなった幼い三島は、ストレスから嘔吐を繰り返し自家中毒と診断されますが、祖父母の生涯を翻弄した日本の近代の歪みが、三島の心をも押し潰そうとしたのかもしれません。それに対抗するかのように、物語を作ったり絵を描いたりと内面の宇宙を育みました。

昭和5年、樺太・豊原市の樺太神社に、祖父・定太郎の樺太庁長官時代の功績を顕彰する銅像が建立された。東京の鋳造所で撮影された写真か。前列左3人目から右に、定太郎、三島、夏子、倭文重。

大正14年（1925） 0歳
1月14日、農商務省に勤める平岡梓と妻の倭文重の長男として、東京市四谷区永住町2番地（現・新宿区四谷4丁目）に生まれる。
3月、祖母の夏子が自室で育て始める。
4月、治安維持法公布。5月、普通選挙法公布。7月、東京放送局（後のNHK）がラジオ放送を開始。

昭和3年（1928） 3歳
2月、妹の美津子が生まれる。

昭和5年（1930） 5歳
1月、弟の千之（ちゆき）が生まれる。

昭和6年（1931） 6歳
4月、学習院初等科に入学。詩歌、俳句を創作し始める。
8月、羽田に東京飛行場開港。9月、満州事変。

昭和8年（1933） 8歳
3〜4月頃、四谷区西信濃町（現・新宿区信濃町）に転居。近隣の祖父母の家で暮らし、限られた時間だけ両親のもとに戻る生活が始まる。

昭和9年（1934） 9歳
5月、祖父の平岡定太郎・元樺太庁長官が詐欺容疑で検挙され、新聞沙汰に（不起訴）。

昭和11年（1936） 11歳
二・二六事件が起きる。

昭和12年（1937） 12歳
4月、学習院中等科へ進学する。渋谷区大山町（現・渋谷区松濤2丁目）に転居。両親妹弟と一緒の暮らしが始まる。
10月、父が農林省営林局事務官に就任し、大阪に単身赴任。
7月、盧溝橋事件。日中戦争の始まり。

昭和13年（1938） 13歳
3月、詩や俳句と共に、短編小説を初めて学習院の文芸部機関誌「輔仁会雑誌」に発表。
4月、国家総動員法公布。

昭和14年（1939） 14歳
1月、祖母・夏子が潰瘍性出血のため死去（62歳）。

昭和15年（1940） 15歳
詩人・川路柳虹（かわじ・りゅうこう）に詩作の指導を受ける。

幼年期〜少年期

昭和6〜7年、初等科1年生の時に創作した切り絵。
図画の成績は初等科時代を通じて「中」〜「中上」。

文学という居場所

平民出身だった三島が、華族の子弟のための学校・学習院の初等科に進学したのは、祖母の強い希望があったからです。身体が弱いため欠席しがちで、成績もいまひとつ。でも中等科に進んでからは、教師や先輩に文才を認められ、学習院文芸部発行の「輔《ほ》仁会《じんかい》雑誌」に小説や詩、俳句などを発表し始めました。家庭環境を逆手にとって、家族の葛藤を別の話に変換した小説や、美しいヴィジョンを表現する詩を通して、アイデンティティを形成していったのです。オスカー・ワイルドの「サロメ」や、父親の海外出張土産の画集に載った聖セバスチャンの殉教図に出会い、サディズム・マゾヒズムと結びついた自らの性的指向に自覚的になるのは、12歳の頃。残虐な公爵の登場する小説「館《やかた》」（昭和14年）では、恐怖が快楽へと変わる様を描きだそうとしましたが、うまく収拾がつきません。やがて、人間の心理をパズルのように構成するレイモン・ラディゲの文学に触れ、より本格的な創作を模索するようになるのです。

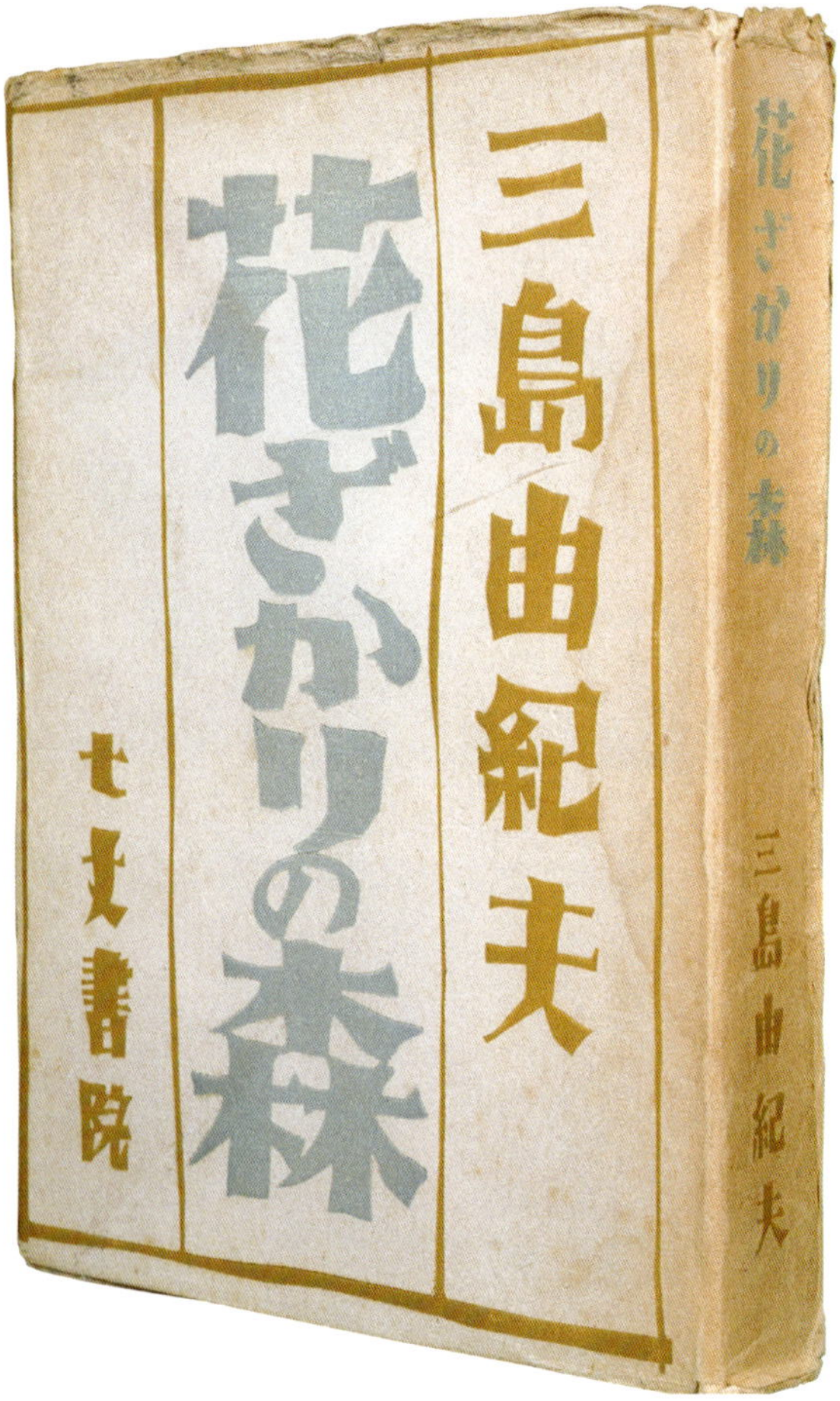

戦時下の昭和19年10月に七丈書院から刊行された初めての短編集『花ざかりの森』。装幀を手掛けたのは同人誌「赤絵」の仲間・徳川義恭（よしやす）。

戦争と焼け跡と文学と

少年期〜青年期 2

昭和16年（1941） 16歳

1月、父が農林省水産局長に就任し、東京へ戻る。この頃、白紙の原稿用紙や書き上げた原稿を、文学熱に異を唱える父に破り捨てられていた。

4月頃、自作の詩を室生犀星に送って見てもらう。

7月、短編小説「花ざかりの森」を書き、学習院の先輩・東文彦と、教官・清水文雄に見てもらう。清水の推薦により、同作を雑誌「文芸文化」9月号から4回にわたり連載。初めて「三島由紀夫」のペンネームを使う。初回の後記で同誌同人・蓮田善明が絶賛する。

12月8日、真珠湾攻撃。太平洋戦争が始まる。

昭和17年（1942） 17歳

1月、母と母方の祖母・橋トミと共に歌舞伎座で歌舞伎を見て感動し、「芝居日記」をつけはじめる（〜昭和22年）。

3月、父が農林省を退官し、日本瓦斯（ガス）用木炭株式会社社長に就任。この頃、ボードレール「悪の華」を愛読する。

4月、学習院高等科文科に進学。

5月、文芸部委員長に選出される。

7月、病床にあった東、徳川義恭と共に同人誌「赤絵」を創刊（2号で廃刊）。

8月、祖父・定太郎死去（79歳）。

11月、清水文雄と共に日本浪曼派の中心人物・保田与重郎を訪ね、講演の依頼をする。

昭和18年（1943） 18歳

1月頃、「王朝心理文学小史」が学習院図書館の懸賞論文に入選。

2月、輔仁会の総務部総務幹事となる。

6月、輔仁会春季文化大会で、脚本と演出を担当した対話劇「やがてみ楯と」が上演される。

7月下旬、志賀直哉を訪ねる。

10月、林富士馬らと共に佐藤春夫を訪ねる。東が急性胃拡張で死去（23歳）。

12月、学徒出陣第一陣（陸軍）。

少年期〜青年期

昭和19年（1944） 19歳

2月、「平岡公威自伝」を擱筆。

4月頃、林と共に檀一雄を訪ねる。

5月、本籍地の兵庫県加古郡加古川町公会堂にて徴兵検査を受け、第二乙種合格。大阪に伊東静雄を訪ねる。

9月、学業短縮措置により学習院高等科を首席で卒業。卒業生総代を務め、宮内省から恩賜の銀時計を拝受する。

10月、東京帝国大学法学部法律学科独法に入学。初の短編集『花ざかりの森』を七丈書院から上梓。

11月、『花ざかりの森』の出版記念会を上野池之端「雨月荘」で開く。

7月、サイパン島陥落。11月、B29による東京初空襲。

新刊案内

2025

2月に出る本

Ⓢ 新潮社
https://www.shinchosha.co.jp

猫の刻参り　三島屋変調百物語拾之続

化け猫、河童、山姥――江戸は三島屋の次男坊富次郎は変わり百物語の聞き手。狂気に塗れた苦界を生き抜く女と化生が織りなす怪奇譚。

宮部みゆき

375016-1
2月19日発売
●2530円

逃亡者は北へ向かう

男の人生を狂わせたのは未曾有の天災か、一通の手紙か――。震災直後に姿を消した殺人犯を追う震災クライムサスペンス！

柚月裕子

356131-6
2月27日発売
●2090円

四月のある晴れた朝に100パーセントの女の子に出会うことについて

100パーセントの恋人たちへ……村上春樹と台湾の若手イラストレーターによるピクチャー・ブック誕生！　世界中で愛読される短編2編がこの一冊に。

村上春樹
高妍・絵

353438-9
2月27日発売
●1870円

売

灼熱

葉真中 顕

【渡辺淳一文学賞】

終戦後、ブラジルの日本人の間で流血をともなう抗争が起きた。フェイクニュース、分断と憎悪そして殺人。圧巻の群像劇。

105681-4 ●1265円

擬傷の鳥はつかまらない

荻堂 顕

【新潮ミステリー大賞】

少女の飛び降りをきっかけに、壮絶な騙し合いが始まる。そして明かされる驚愕の真実。若き鬼才が放つ衝撃のクライムミステリ!

105741-5 ●990円

プリンシパル

長浦 京

105761-3

小暮写眞館（上・下）【新装版】

宮部みゆき

閉店した写真館で暮らす高校生の英一は、奇妙な写真の謎を解く羽目に。映し出された人の〈想い〉を辿る、心温まる長編ミステリ。

136949-5,50-1 ●上・935円／下・1045円

母親になって後悔してる

オルナ・ドーナト 鹿田昌美［訳］

子どもを愛している。けれど母ではない人生を願う。存在しないものとされてきた思いを丁寧に掬い、世界各国で大反響を呼んだ一冊。

240741-7 ●1045円

ナルニア国物語4

銀のいすと地底の国

※表示価格は消費税（10％）を含む定価です。
ISBNの出版社コードは978-4-10です。

新潮文庫 2月28

舞う、超弩級ピカレスク・ロマン。
●1155円

あわこさま
—不村家奇譚—

彩藤アザミ

あわこさまは、不村に仇なすものを赦さない――。「水憑き」の異形の一族・不村家の繁栄と凋落を描く、危険すぎるホラーミステリ。

121162-6 ●781円

沈むフランシス

松家仁之

北海道の小さな村で偶然出会い、急速に惹かれあった男女。決して若くはない二人の深まりゆく愛と鮮やかな希望の光を描く傑作。

105572-5 ●605円

アイドルだった君へ

小林早代子 【R-18文学賞読者賞】

元アイドルの母親をもつ子供たち、親友の推しに顔を似せていく女子大生……。アイドルとファン、その神髄を鮮烈に描いた短編集。

105781-1 ●605円

族長の秋

G・ガルシア＝マルケス 鼓直［訳］

何百年も国家に君臨し、誰も顔を見たことのない孤独で残虐な大統領が死んだ――。権力の実相をグロテスクに描き尽くした長編第二作。

205213-6 ●1100円

いじめっ子に追われナルニアに逃げ込んだユースティスとジル。アスランの命を受け、魔女にさらわれたリリアン王子の行方を追う。

●781円

4月11日、日米同時公開映画原作

アマチュア

ロバート・リテル 北村太郎［訳］

テロリストに婚約者を殺されたCIAの暗号作成及び解読係のチャーリー・ヘラーは、復讐を心に誓いアマチュア暗殺者へと変貌する。

220106-0 ●1100円

星に届ける物語
—日経「星新一賞」受賞作品集—

藤崎慎吾 相川啓太 佐藤実 之人冗悟 八島游舷 梅津高重 白川小六 村上岳 関元聡 柚木理佐

夢のような技術。不思議な装置。1万字の未来がここに――。理系的発想力を問う革新的文学賞の一般部門グランプリ作品11編を収録。

105861-0 ●693円

美澄真白の正なる殺人

東崎惟子

私たちは、どこで間違ったのだろう。ふたりの女子高生が犯した〝正しい罪〟の末路。衝撃のバッドエンドが心を穿つ、猟奇サスペンス。

180301-2 ●737円

新潮文庫 nex

新書 2/15発売

リキッド消費とは何か

久保田進彦

映画はサブスク、車はカーシェア、服は7回着たらポイ――これらの消費に隠された心理とは？ ●990円

611076-4

至高の近代建築

小川格

移民リスク

三好範英

移民を野放図に受け入れてよいのか？ 国家の基盤を揺るがす「日本的ゆるさ」に警鐘を鳴らす。 ●968円

611077-1

プロパガンダの

鳥賀陽弘道

新
模倣から創造へ——見る
ける、日本の前期近代建築の傑作32を案内
いための必読書。
●1056円

らべて、けみして 校閲部の九重さん 2

校閲vs編集——本作りの裏方たちによる仁義なき激突大勃発！
新聞、TVなど多くのメディアで話題のお仕事コミック、待望の第2巻！

こいしゅうか
355392-2
2月19日発売
●1320円

消息

SNSから距離を置き、エッセイを書きながら、自己と対話し、世界のうねりを眺めていた。ロンドンの「雑踏」から届いた最重要音楽家、初のエッセイ集。

小袋成彬
356031-9
2月27日発売
●1980円

——新潮選書——

倭寇とは何か 中華を揺さぶる「海賊」の正体

日本人ではなかった？ 孫文・蔣介石・毛沢東も倭寇？ 習近平が香港・台湾を恐れる理由は？ 倭寇から東アジア六百年の構造をとらえ直す。

岡本隆司
603922-5
2月19日発売
●1760円

謎ときエドガー・アラン・ポー 知られざる未解決殺人事件

「推理小説の始祖」はなぜ推理小説を書くのをやめたのか。2世紀見過ごされてきた事件を作品内に「発見」した著者による震撼の論考。

竹内康浩
603923-2
2月19日発売
●1815円

ブラック郵便局

パワハラ、自爆営業、自死——関係者1000人以上の「叫び」を基に歪んだ巨大組織の実態にせまる驚愕ノンフィクション！

宮崎拓朗
356151-4
2月17日発売
●1760円

美人までの階段1000段あってもう潰れそうだけどこのシートマスクを信じてる

最先端コスメ、黄金の肌管理、世界一の美容整形。ここには「完璧な顔」になるた

エリース・ヒュー
金井真弓［訳］
桑畑優香［韓国語監修］
507441-8
2月17日発売
●2420円

詩作から小説へ

三島がもっとも熱心に詩を書いたのは16歳頃まで。想像力の飛翔と機知に富んではいましたが、本人も後年〈ニセモノの詩〉〈抒情の悪酔〉と認めているように、言葉遊びの域を出るものではありませんでした。15歳の秋以降、5歳年上の学校の先輩・東文彦《あずまふみひこ》と書簡を通じて頻繁に文学論を戦わせ、より本格的に小説に取り組むようになります。中等科3年の年に国文法と作文の担当教師になった清水文雄との出会いも大きかった。清水は、三島の小説「花ざかりの森」を昭和16年に掲載した雑誌「文芸文化」（昭和13～19年）の同人のひとりでした。清水が三島から預かった原稿を、伊豆の修善寺で行われた編集会議に持って行き、連載が決まったのです。ただし中等科の学生が本名で発表するのはさしさわりがあるので、ペンネームが必要となる。同人たちが伊豆への途上、「三島」を通り、車窓から富士山の残「雪」を見たことから、「三島由紀夫」が誕生しました。

詠み人知らずとしての「三島由紀夫」

「**文芸**文化」誌は、日本の伝統への回帰を謳った保田与重郎らの日本浪曼派の周辺にあって、国文学研究を基本に、批評だけでなく、創作をも合体させようとしました。「花ざかりの森」は、「わたし」が自分の先祖を追憶し、生の源を再発見するという内容の小説で、個人の物語より日本の文化を表象することに重きを置く雑誌の趣旨に、ぴたりとはまりまし

昭和20年（1945）　20歳

1月、学徒動員により、群馬県新田郡太田町（現・太田市）の、中島飛行機小泉製作所の東矢島寮に入る。

2月、入営通知を受け取り、遺書をしたためて遺髪と遺爪を用意する。兵庫県加西郡富合村（現・加西市）で入隊検査を受けるが、右肺浸潤と誤診され東京に戻る。

5月、勤労動員で神奈川県高座郡大和町（現・大和市）の高座海軍工廠で寄宿生活を始める。

6月、同級生・三谷信（まこと）の妹・邦子に会うため三谷家の疎開先・長野県北佐久郡軽井沢町へ行くが、後日、信から届いた縁談を確認する書簡への返事は保留する。

7月、寄宿舎で小説「岬にての物語」を起筆。

8月15日、体調不良のため滞在していた世田谷区豪徳寺の親類の家で終戦の詔勅を聞く。

8月19日、蓮田善明がマレー半島ジョホールバルで、上官を殺害した上でピストル自殺（41歳）。

10月、妹・美津子が腸チフスのため急逝（17歳）。

3～5月、東京への大規模な空爆が続く。

昭和21年（1946）　21歳

1月、鎌倉に川端康成を初めて訪ねる。

2月、川端の推薦で短編「煙草」を文芸誌「人間」に掲載することが決まる。

5月、三谷邦子が他家に嫁ぐ。

12月、友人の矢代静一と太宰治に会いに行き、本人に「僕は太宰さんの文学はきらいなんです」と言う。

1月、天皇の人間宣言。11月、日本国憲法公布。

昭和22年（1947）　22歳

1月、初めて売春宿を訪れるも不首尾に終わる。

7月、日本勧業銀行入社試験に合格するも、面接で不採用になる。

11月、短編集『岬にての物語』を刊行。東京大学法学部法律学科を卒業する。

12月、高等文官試験に合格し、大蔵省に入省。大蔵事務官に任命され、銀行局国民貯蓄課にて勤務を始める。当時の大蔵省は、焼け残った四谷第三小学校を仮庁舎としていた。

た。つまり「三島由紀夫」とは、日本文化を体現する〝詠み人知らず〟を意味するペンネームだったのです。当時の三島作品には、日本の古典文芸が取り入れられているのはもちろんですが、プルーストの「失われた時を求めて」の追憶シーンをはじめ、ラディゲ、ジョイス、リルケらその頃の日本で触れ得る最先端の西洋文学の影響も見られ、小説の世界に転じてからの三島の足取りの速さに驚かされます。西洋に学びながら日本の古典文芸を再創作した堀辰雄の作風にならったところもあります。「花ざかりの森」連載の最終回が掲載された昭和16年12月に、太平洋戦争が始まりました。

終戦1年前、昭和19年に撮影された平岡家の家族写真。左から順に、三島、母・倭文重、弟・千之、父・梓、妹・美津子。

東京大空襲がもたらした輪廻転生の概念

東京大空襲と言えば昭和20年3月10日の無差別爆撃が知られていますが、じつは5月24〜26日の方が、爆撃の規模は大きかった。3月の空襲後、地方へ疎開した人が多かったことが、死者数が3月より少なかった理由の一つです。三島は5月24日未明の空襲後、動員先から渋谷の実家へ戻り、そのありさまを目の当たりにしたようですが、幸い家は焼けませんでした。そのとき書かれた詩が「夜告げ鳥——憧憬との訣別と輪廻への愛について」。ロマン主義によって現実を超えた時空間に逃げ込むなんて発想ではもはややっていけない、という想いを吐露しています。空襲で自分は死ぬかもしれないし、世界は崩壊するかもしれない。その死をポジティヴにとらえられないか？　生の分断、時空の非連続化によって初めて獲得される逆説的な永遠性の追求——ここにはすでに、後に「豊饒《ほうじょう》の海」の主題となる輪廻《りんね》転《てん》生《しょう》の考え方が姿を見せています。

昭和20年5月25日、夜間爆撃を受ける東京。渋谷川が見え、広尾の周辺かと思われる。終戦までに東京の市街地の6割が焼失した。
US Army Air Forces-Library of Congress

失意の就職

「文芸文化」同人で、三島を〈悠久な日本の歴史の請し子〉〈我々より歳は遥に少いがすでに成熟したもの〉と絶賛した蓮田《はすだ》善明《ぜんめい》は、終戦直後にマレー半島ジョホールバルで連隊長を射殺、自らもピストル自殺をするという壮絶な最期を遂げました。一方で三島は、入隊検査ではねられ、戦地へ行かなかった。終戦をまたいで感傷的な短編「岬にての物語」を書き続け、被災もせず生き残ってしまいました。戦争が終わってみると、「文芸文化」に属する作家は前時代的ととらえられるようになります。終戦の2ヶ月後にはかわいがっていた妹が急逝。関係を築こうとしていた親友の妹・三谷邦子（『仮面の告白』の園子のモデル）とはうまくいかず、結局、彼女は終戦の翌年には他家へ嫁いでしまう。ゆきづまりを感じた三島は、川端康成に会いに行き、小説を見てもらったりもしていますが、作家として自立する自信が持てず、大学卒業後、いったん大蔵省に入省します。

昭和22年、三島は大蔵省に入省。ややこわばった緊張の面持ちの新人事務官。

青年期 3 話題作連発の売れっ子作家

よみがえった自殺者

三島は終戦翌年から、ラディゲの理知的な作風を真似て、華族社会を舞台にした長編「盗賊」に取り組みました。が、この方向性だけでは心の拠り所を見出すことができず、昭和22年には長大な自伝小説の構想を立てます。奇しくも昭和23年8月、河出書房の坂本一亀《かずき》が大蔵省を訪ね、三島に書き下ろし長編小説を依頼。三島は快諾し、5日後には大蔵省に辞表を出しました。背水の陣で挑み、〈自分で自分の生体解剖をしよう〉と、サディズムやマゾヒズム、同性愛、虚無の問題に真正面から取り組みます。「仮面の告白」を書き終えたのは、翌年4月。三島独自の内面宇宙を言葉によってみごと形象化しました。神西《じんざい》清、武田泰淳《たいじゅん》、川端康成、花田清輝《きよてる》らの高評価に伴い次第に評判を呼び、戦後派作家を牽引する一人として認められるようになります。自身でも、〈猛烈な速度で谷底から崖の上へ自殺者が飛び上って生き返る〉ような、たしかな手ごたえを得たのです。

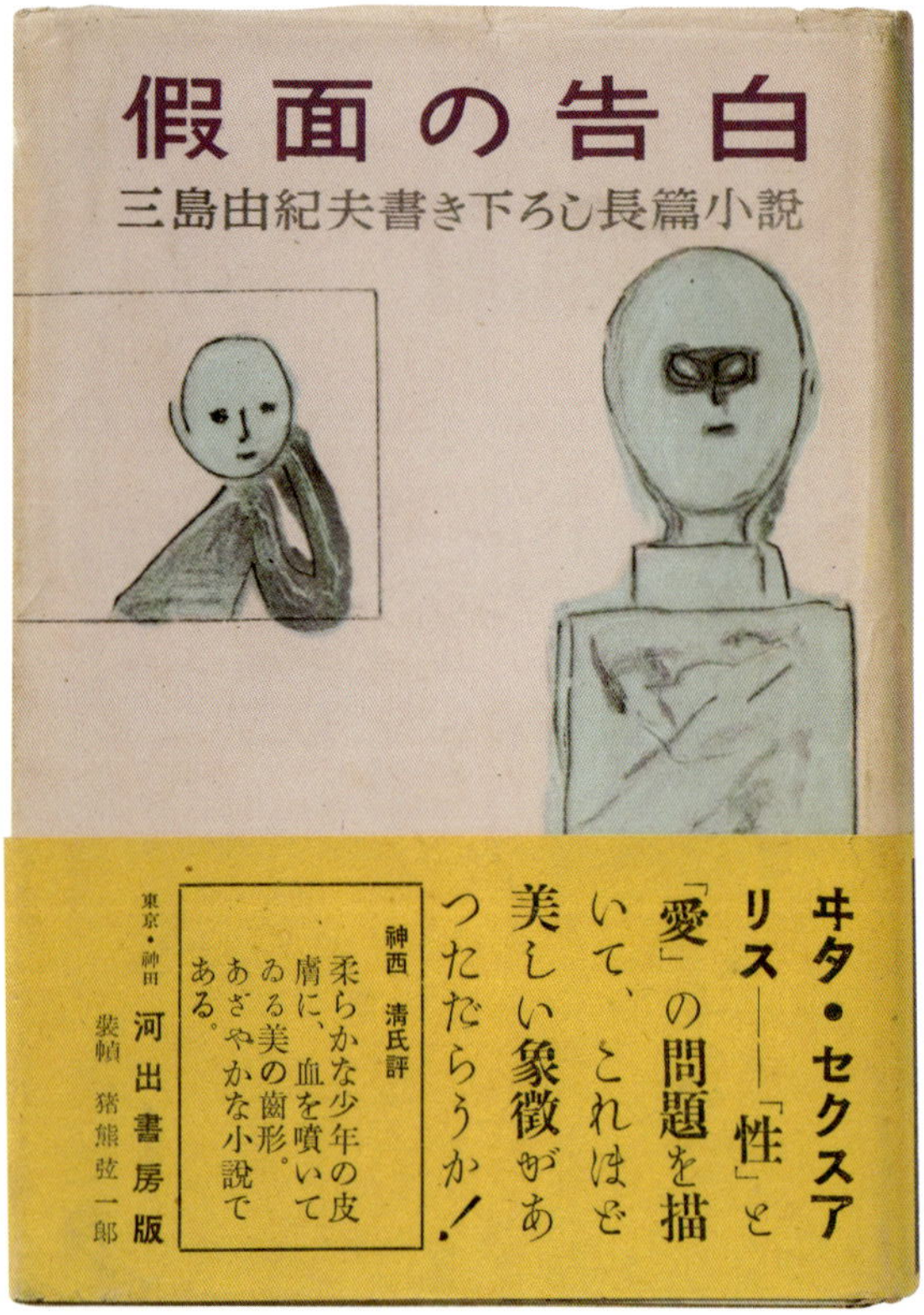

昭和24年7月に河出書房から刊行された『仮面の告白』。装幀は猪熊弦一郎が手がけた。犬塚潔氏蔵

左頁／昭和23年10月に国際乗馬倶楽部に入会。皇居内の練習場ではスーツを着て貴公子然。

撮影＝林忠彦

昭和23年（1948）　23歳

1月、父が社長を務めていた日本薪炭株式会社（旧日本瓦斯用木炭株式会社）が閉鎖され、父は引退。以後、三島と生計を共にする。

7～8月頃、出勤途中の渋谷駅で、勤めと執筆による過労から、線路に転落。

8月下旬、大蔵省に来訪した河出書房の編集者・坂本一亀から、書き下ろし長編小説の依頼を受ける。

9月、大蔵省に辞表を提出する。

10月、身体を鍛えるため国際乗馬倶楽部に入会、7年ぶりに乗馬を始める。

11月、長編処女作『盗賊』を刊行。

12月、河出書房から戦後派作家を結集した雑誌「序曲」が創刊される。編集同人は埴谷雄高、武田泰淳、野間宏、中村真一郎、梅崎春生、船山馨、佐沼兵助（寺田透）、椎名麟三、島尾敏雄、三島の10人（1号のみで終わる）。

6月、太宰治が入水自殺（38歳）。10月、昭和電工疑獄で芦田均内閣総辞職。第2次吉田茂内閣が成立。11月、東京裁判結審。

昭和24年（1949）　24歳

2月、戯曲「火宅」を、俳優座創作劇研究会が有楽町の毎日ホールで初演。

6月、銀座の「ブランスウィック」で、芝居好きの少年・堂本正樹と出会う。三島はこの頃すでに同店の常連になっていた。

7月、長編第2作『仮面の告白』を刊行。

7月、国鉄総裁・下山定則が失踪・死亡した下山事件、三鷹駅構内で無人列車が暴走し、死者6人ほか重軽傷者を出した三鷹事件が起きる。8月、福島県を走行中の東北本線が脱線転覆した松川事件が起きる。11月、闇金融「光クラブ」社長・東大法学部学生の山崎晃嗣（あきつぐ）が青酸カリを飲んで自殺（26歳）。

昭和25年（1950）　25歳

6月、『仮面の告白』の文庫本および長編第3作『愛の渇き』を刊行。

8月、目黒区緑ヶ丘の新居での生活を始める。

岸田國士が提唱した文学、演劇、美術、音楽、映画の分野で活躍する人々の交流会「雲の会」の会員となる。

秋頃、中村光夫、福田恆存、吉田健一ら戦後派作家・評論家が集う「鉢の木会」に初参加する。

12月、「邯鄲――近代能楽集ノ内」を文学座がアトリエ公演。長編第4作『純白の夜』、光クラブ事件に材を取った長編第5作『青の時代』を刊行。

6月、朝鮮戦争勃発。7月、金閣寺が青年僧・林養賢の放火により焼失。

仮面をかぶってやりすごす

同性愛者の回想録の形をとった「仮面の告白」ですが、実は戦後日本社会に対する痛烈な批判の書でもあります。この作品が起筆されたのは、昭和23年冬、東京裁判の判決言渡しが行われた直後。昭和電工疑獄で芦田均内閣が倒れ、やがてサンフランシスコ講和条約（昭和27年発効）を締結することになる吉田茂内閣（第2次、第3次）が成立したタイミングでもありました。本が出た昭和24年には、下山事件、三鷹事件、松川事件と不可解な事件が多発。背景には、東西冷戦の激化に伴うアメリカの対日政策の転換（朝鮮戦争前夜における日本の軍事拠点化や反共推進）があったとされます。こうした戦後民主主義社会の欺瞞に、たとえ気づいていたとしても、人は仮面をかぶって生きていかなければならない――「仮面の告白」は、各自がアイデンティティをどう認識し、いかにふるまうのかという問題を突きつけてくる社会小説でもあったのです。この頃には三島自身も戯曲を書き、乗馬を始め、ゲイ・サークルに出入りするなど、多様な顔／仮面を見せ始めていました。

青年期

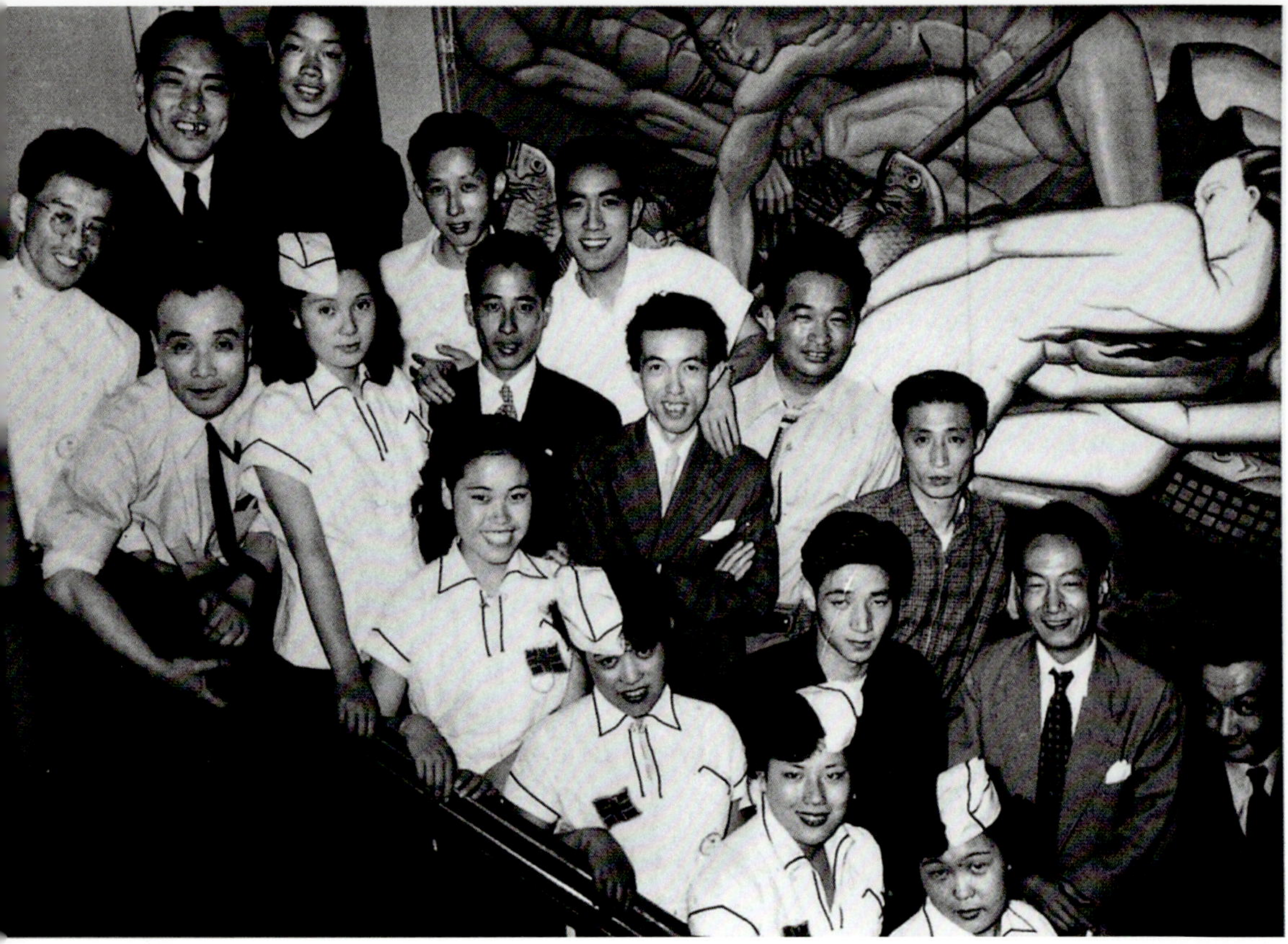

「鉢の木会」のメンバーと大島へ向かう船内で。後列右より吉田健一、大岡昇平、一人おいて中村光夫、三島。中央で腕を組んでいるのは福田恆存。前列左より2人目は神西清。昭和28年5月。

占領下の日本を描く

昭和25年夏、目黒区緑ヶ丘に転居すると、心機一転、大作「禁色《きんじき》」にとりかかります。若い同性愛者を鏡にして、時代や世界の全体像を写し取ろうとする試みは「仮面の告白」の延長上にあります。美青年・南悠一《みなみゆういち》を巡って複数の男女の思惑が交錯する物語は、一見荒唐無稽かもしれませんが、銀座の「ブランスウィック」など、その頃、三島が実際に出入りしていたゲイ・サークルに材を取って、占領下の日本社会の一断面を描くリアリズム小説なのです。また、老作家・檜俊輔《ひのきしゅんすけ》が悠一に莫大な財産を遺しながらも精神的に束縛するような結末は、サンフランシスコ講和条約の発効により独立を回復した日本と、アメリカとの関係を暗示しているとも読めます。若くして作家として不動の地位を築いた三島は、歌舞伎の脚本に挑戦したり、中村光夫、吉田健一、吉川逸治ら文人の集まり「鉢の木会」に参加したり、花柳界に近い女性との交際を始めたりと、公私ともに充実した20代後半を送っています。

昭和26年（1951）　26歳

6月、初の評論集『狩と獲物』を刊行し、オスカー・ワイルドや川端康成の文学について論じる。

11月、長編第6作『禁色　第一部』を刊行。

12月、長編第7作『夏子の冒険』を刊行。朝日新聞特別通信員として横浜港から初の海外旅行へ出発。

昭和27年（1952）　27歳

1月、サンフランシスコに入港し、アメリカ国内を旅した後、中南米へ向かう。

2月、ブラジルのリオ・デ・ジャネイロでカーニバルを見る。

3月、パリに到着。トラベラーズチェックを盗られ、長期滞在を余儀なくされる。

4月、ロンドン、アテネ、ローマに滞在。

5月、帰国の途につく。

10月、欧米紀行『アポロの杯』を刊行。

11月、『新文学全集 三島由紀夫集』を刊行。

4月28日、サンフランシスコ講和条約の発効により、日本は独立を回復。

昭和28年（1953）　28歳

3月、長編第8作『にっぽん製』を刊行。

7月、ナイフを持った男が三島邸に押し入り衣類を盗んで逃走、逮捕される。『三島由紀夫作品集』（全6巻）の刊行が始まる。

9月、『秘楽（ひぎょう）　禁色第二部』を刊行。

12月、戯曲「地獄変」を中村吉右衛門劇団が歌舞伎座で初演。

2月、NHKがテレビ放送を東京地区で開始。5月、堀辰雄死去（48歳）。

昭和29年（1954）　29歳

6月、長編第9作『潮騒』を刊行。

7月、歌舞伎座の中村歌右衛門の楽屋で、料亭の娘・豊田貞子と出会い、以後約3年間の交際が始まる。

9月、長編第10作『恋の都』を刊行。

10月、ギリシャ語を習いに週1回東京大学に通う。

11月、自作「鰯売恋曳網（いわしうりこいのひきあみ）」を公演中の歌舞伎座の前でドナルド・キーンと出会う。

初めての海外旅行から生まれたもの

昭和26年末には初の海外旅行へ出ています。まだ自由旅行などできない占領下でしたが、朝日新聞の特別通信員の資格で、4ヶ月あまりの世界周遊が可能になったのです。この旅は「禁色」第一部を書き終えた後の休息、充電期間でした。船上で三島の習慣となったのは、日光浴（帰国後も続行）。旅の見聞は、「アポロの杯《さかずき》」としてまとめられましたが、さらにギリシャでの感動から生まれたのが、長編9作目の「潮騒」です。古代小説「ダフニスとクロエ」を下敷きにした、歌島の若い漁師と島の有力者の娘のラブロマンスは、刊行3ヶ月あまりで70刷に達する大ヒットとなりました。本人曰く〈何から何まで自分の反対物を作ろうという気を起し（中略）ただ言語だけで組み立てようという考え〉で書かれたこの作品は、陽光に満ちあふれた青春小説。少年期に憧れた堀辰雄や伊東静雄のロマンチックだが病的、神経過敏な世界とはもう訣別したい、という思いも込められていました。

昭和26年12月、初めての海外へ。横浜港からハワイへ向かうプレジデント・ウィルソン号の船上で。撮影＝林忠彦

覚悟と野心

人生には、なにをやってもうまくゆく時期というものがあります。三島文学の最高傑作の一つ『金閣寺』が刊行された昭和31年は、まさにそんな年でした。「金閣寺」と併行して書いていた恋愛小説『永すぎた春』、古典能の翻案戯曲集『近代能楽集』も刊行。明治時代の華族社会を舞台にした華麗なコスチュームプレイ「鹿鳴館」の初演も同年です。しかし実際の放火事件にもとづく「金閣寺」は、高度成長に浮かれる日本に冷水を浴びせる〝反〟戦後小説でもありました。わずか10年前に終わった戦争を忘れて復興を謳うなんて、詐欺にほかならない。そんな欺瞞の構図など滅ぼしてしまえ。金閣寺に放火する主人公の溝口は、そのような読者の無意識の破壊衝動の代弁者でもあるのです。小説の末尾で、金閣寺から立ち上る煙を山の上から見下ろしながら溝口が心中でつぶやく言葉〈生きようと私は思った〉は、戦後社会の規範を

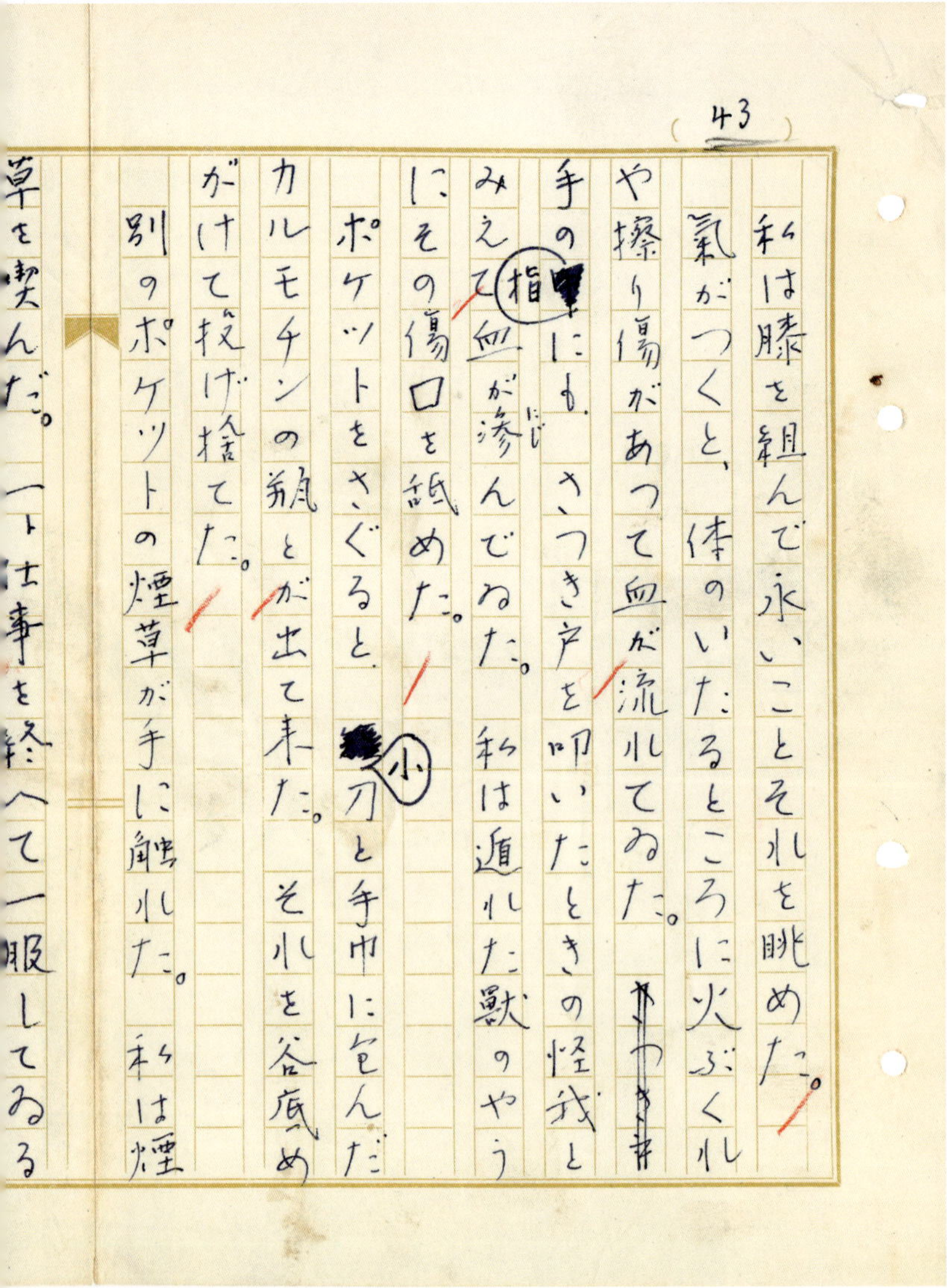
43

私は膝を組んで永いことそれを眺めた。氣がつくと、体のいたるところに火ぶくれや擦り傷があつて血が流れてゐた。手の指にも、さつき戸を叩いたときの怪我とみえて血が滲《にじ》んでゐた。私は遁れた獣のやうにその傷口を舐めた。

ポケットをさぐると、小刀と手巾に包んだカルモチンの瓶とが出て来た。それを谷底めがけて投げ捨てた。

別のポケットの煙草が手に触れた。私は煙草を喫んだ。一ト仕事を終へて一服してゐる

肉体改造と白亜の家

30代 4

受忍する決意というよりも、むしろ〝反〟戦後的立場を貫こうとする意思表示でした。

昭和30年（1955）　30歳

1月、『潮騒』の第1回新潮社文学賞受賞が発表される。

2月、「熊野（ゆや）」を莟会（つぼみかい）が歌舞伎座で初演。

4月、長編第11作『沈める滝』を刊行。

6月、長編第12作『女神』を刊行。

9月、自宅で週3回のボディビルの鍛錬を始める。

11月、「芙蓉露大内実記（ふようのつゆおおうちじっき）」を、三島自身の演出で歌舞伎座で初演。

12月、戯曲「白蟻の巣」で第2回岸田演劇賞を受賞。

昭和31年（1956）　31歳

1月、後楽園ジムのボディビルコーチに弟子入りする。長編第13作『幸福号出帆』を刊行。

3月、戯曲家として文学座に入座。

4月、戯曲集『近代能楽集』を刊行。

9月、ボクシングの練習を始め、1年ほど続ける。

10月、長編第14作『金閣寺』を刊行。

11月、文学座が「鹿鳴館」を第一生命ホールで初演。

12月、長編第15作『永すぎた春』を刊行。

1月、石原慎太郎が「太陽の季節」で芥川賞を受賞。

この年、経済白書に、「もはや戦後ではない」という文言が。高度経済成長が本格化。

昭和32年（1957）　32歳

1月、『金閣寺』で読売文学賞を受賞。

6月、長編第16作『美徳のよろめき』を刊行。

7月、ニューヨークの出版社クノップに招かれ渡米。中米へも足を伸ばす。

11月、『三島由紀夫選集』（全19巻）の刊行開始。

昭和33年（1958）　33歳

1月、ローマを経て帰国。短編集『橋づくし』刊行。

3月、母が余命4ヶ月の悪性腫瘍と診断されて翌月入院するが、後日、誤診だったことがわかる。

4月、友人の仲立ちで画家・杉山寧の長女・瑤子と銀座で会う。

5月、紀行文集『旅の絵本』刊行。

6月、明治記念館で瑤子と結婚。

11月、「むすめごのみ帯取池（おびとりのいけ）」を、中村歌右衛門劇団＋市川猿之助一座が歌舞伎座で初演。剣道の道場に通い始める。

7月、大江健三郎が「飼育」で芥川賞を受賞。

30代

昭和34年（1959）　34歳

5月、大田区馬込（現・南馬込）にヴィクトリア朝コロニアル様式の新居を建て転居。

6月、長女・紀子（のりこ）誕生。

9月、長編第17作『鏡子の家』を刊行。

4月、皇太子明仁、正田美智子と成婚。

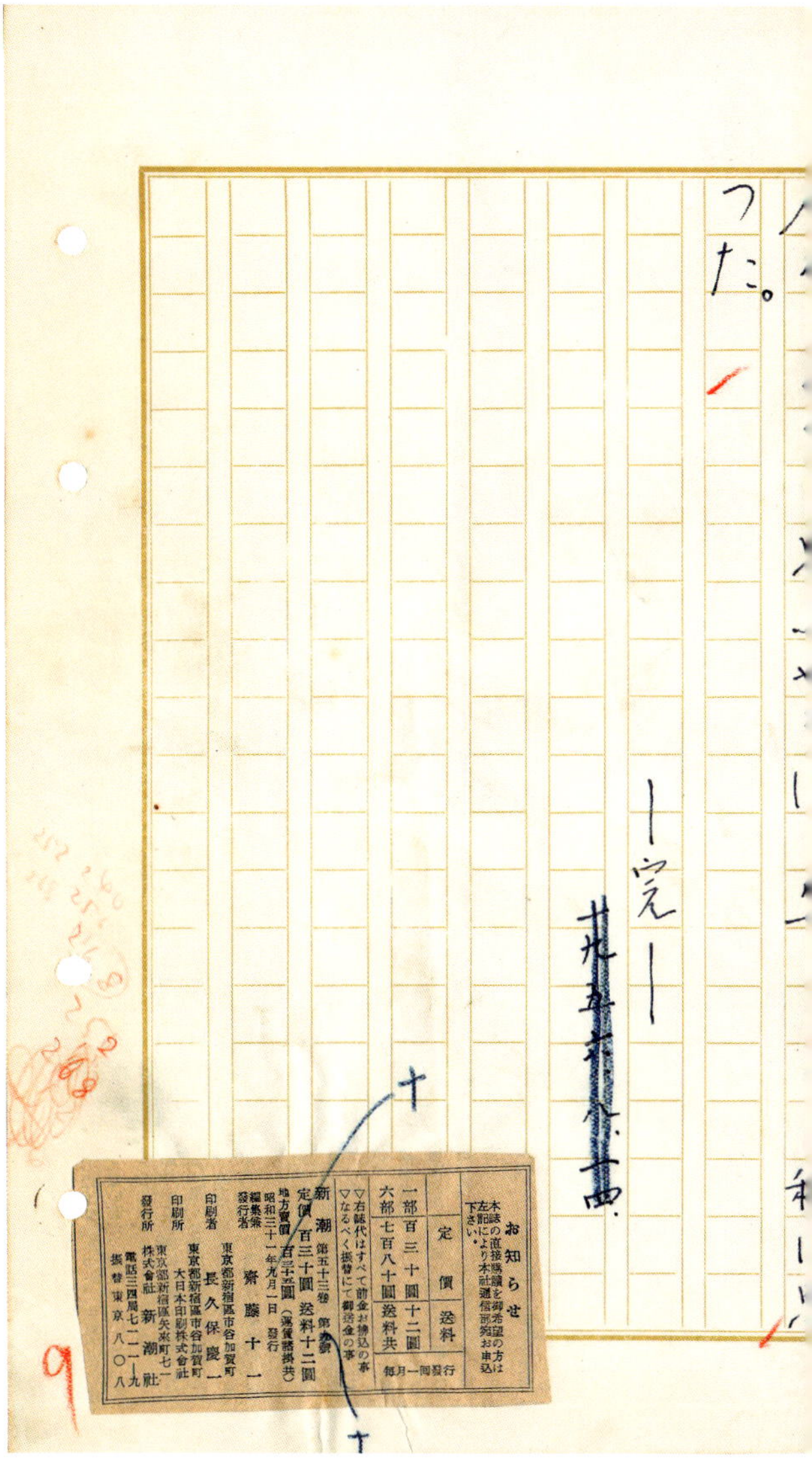

「金閣寺」原稿の最後の部分。昭和31年8月14日に擱筆した。山中湖文学の森・三島由紀夫文学館蔵

肉体を鍛え、さらなる高みを目指そうとしたが……

病弱な幼少期を過ごし、自身の身体にコンプレックスを抱いていた三島は、昭和30年にボディビルを始めます。以後、ボクシング、剣道などを通して自分の身体を鍛えてゆく。昭和31年は出版社系では初の週刊誌「週刊新潮」が創刊された年ですが、従来の作家像を裏切る三島のふるまいは、文芸誌のみならず、週刊誌・婦人誌などにも取り上げられ、世間の耳目を集めました。しかし、戦後社会を否定しようとする自分が、その戦後社会の寵児となるとは、何事であろう。三島のなかで、次第に微妙なバランスが崩れ始めます。『近代能楽集』を翻訳出版していたニューヨークのクノップ社に招かれての渡米では、予定されていた同作の上演が頓挫し、残念な思いを抱いての帰国。「金閣寺」では個人を描いたから今度は社会を描くと、昭和33年3月から「鏡子の家」の執筆に取りかかるのですが、戦後社会を蝕む欺瞞と虚無を描いたこの野心作は、読者の共感を得られませんでした。

右／ボディビルを始めたのは昭和30年9月。「週刊新潮」創刊号（昭和31年2月）ではボディビル仲間を募集。条件は「キャシャな小説家に限る」。撮影＝新潮社写真部（左も）

左／昭和33年6月1日、杉山瑤子と明治記念館で挙式した後の、国際文化会館での披露宴。

〝清一郎〟の結婚

「金閣寺」のころには、戦後復興に無意識の違和感を抱いていた読者も、高度経済成長の波に乗って奔走することに明け暮れ、「鏡子の家」に込められた三島の叫びを聞き取ることができなくなっていました。また、「鏡子の家」に対する批判に、登場人物が作者の分身にすぎないというものがあります。なるほど画家の夏雄には作家三島が、拳闘選手の峻吉にはボクシングの経験が投影されています。大手商社の副社長の娘と結婚する清一郎のモデルもまた三島その人。三島は昭和33年6月に、日本画家・杉山寧《やすし》の娘・瑤子《ようこ》と、明治記念館で華燭の典を挙げました。媒酌人は川端康成夫妻です。3月に母親の末期癌が疑われ（後日、悪性腫瘍ではないことが判明しますが）、早く安心させたかったため結婚を急いだという説があり、ニューヨークで「来年はきっと結婚するぞ」と語っていたともいいます。結婚の翌年には新居を建て、長女も生まれます。どんな家庭生活にも欺瞞はありますが、いわゆる〝普通の結婚生活〟を始めた作家にとって、現実社会のあらゆる欺瞞をも引き受けようとすることが、誠意の証だったのかもしれません。

昭和35年（1960）　35歳

3月、主演映画『からっ風野郎』封切り。自身が作詞し、深沢七郎が作曲した主題歌「からっ風野郎」を自ら歌うEP盤レコードも発売。

11月、夫人同伴で海外旅行へ出発。アメリカを経てヨーロッパへ。長編第18作『宴のあと』、長編第19作『お嬢さん』刊行。

6月、日米安保条約反対闘争で樺美智子が死亡（22歳）。10月、日比谷公会堂で社会党委員長・浅沼稲次郎が右翼の少年に刺され死亡（61歳）。

昭和36年（1961）　36歳

1月、香港経由で帰国。

3月、「宴のあと」がプライバシー侵害であるとして、元外務大臣・有田八郎に訴えられる。

9月、長編第20作『獣の戯れ』を刊行。

2月、「風流夢譚」事件。8月、「スーダラ節」大流行。

昭和37年（1962）　37歳

1月、戯曲「十日の菊」で第13回読売文学賞戯曲賞を受賞。

3月、戯曲「黒蜥蜴」、サンケイホールで初演。

5月、長男・威一郎（いいちろう）誕生。

10月、長編第21作『美しい星』を刊行。

2月、東京都の人口が1000万人を超える。

昭和38年（1963）　38歳

1月、長編第22作『愛の疾走』を刊行。

3月、被写体となった細江英公写真集『薔薇刑』刊行。

9月、長編第23作『午後の曳航』を刊行。

12月、文学座を脱退。

この年以降、計5回、ノーベル文学賞の候補となる。

1月、『鉄腕アトム』のテレビ放映開始。

昭和39年（1964）　39歳

1月、文学座を脱退した矢代静一らとNLTを設立し、顧問となる。

2月、長編第24作『肉体の学校』を刊行。

10月、東京オリンピックを取材。長編第25作『絹と明察』刊行。

10月、東海道新幹線が東京―大阪間の運行開始。

昭和34年に新築した2階建ての一軒家は、三島の希望通り、西部劇に出てくる金持ちの悪者の家風。設計者は鉾之原捷夫（ほこのはら・はやお）。撮影＝新潮社写真部

災難に次ぐ災難

白亜の新居での生活を始めた翌年から、映画に出たり、写真集の被写体になったり、東京オリンピックを取材したりと、30代後半の三島は、精力的に活躍していたように見えます。しかし、実を言えば「鏡子の家」の酷評による精神的ダメージは大きかった。次なる長編「宴のあと」は、元外務大臣・有田八郎にプライバシー侵害で訴えられます。日本で初のこのプライバシー裁判は、有田の没後和解に至るまで6年にも及びました。「鉢の木会」の仲間だった吉田健一が、有田の意を受けて仲介しようとしますが、不調に終わり、吉田との関係も悪化、「鉢の木会」脱会につながります。深沢七郎「風流夢譚《ふうりゅうむたん》」（天皇一家が斬首される小説）の「中央公論」への掲載を推薦したのが三島だったとの誤解を受けて右翼から脅迫されたことも。文学座が分裂し岸田今日子らが脱退、三島は再建に奮闘しますが、今度は三島自身が文学座を脱退することに――ひたすら災難が続き、日本社会と三島文学との断裂は、ますます大きくなっていきます。

昭和40年10月に訪れたタイのバンパインにて。「暁の寺（豊饒の海・第3巻）」には、主人公の本多がこの風景に「輪廻の影」を感じる場面が描かれる。

昭和40年（1965）　40歳

1月、『絹と明察』で毎日芸術賞受賞。

2月、長編第26作『音楽』を刊行。

3月、イギリス・フランス旅行。

9月、夫人同伴で10月にかけて欧米、東南アジアを旅行。「春の雪」の連載開始。

11月、戯曲『サド侯爵夫人』を刊行。

昭和41年（1966）　41歳

1月、「サド侯爵夫人」で芸術祭賞（演劇部門）受賞。

4月、自作自演の映画『憂国』（演出・堂本正樹）が、アートシアター系の新宿文化、日劇文化の両劇場で封切。両館合計観客動員2332人は、同系の平日初日の新記録。

6月、日本武道館でザ・ビートルズの公演を見て見物記を書く。ファンの青年が三島邸の窓ガラスを割って侵入。短編集『英霊の声』刊行。

7月、丸山明宏（現・美輪明宏）のチャリティーリサイタルに出演。芥川賞選考委員となる。

8月、長編第27作『複雑な彼』を刊行。

5月、中国で文化大革命が始まる。10月、「週刊プレイボーイ」創刊。

40代

5

40代

死へのカウントダウン

畢生の超大作を起筆

〈私も二、三年すれば四十歳で、そろそろ生涯の計画を立てるべきときが来た〉と三島が考えたのは37歳の時。その40歳を迎えた年の6月に、「豊饒の海」の第1巻「春の雪」に着手します。西洋の大長編に匹敵するような世界文学を目指した三島は、4巻からなる物語の骨子として、輪廻転生と唯識《ゆいしき》を真剣に学びました。輪廻は戦時中の空襲下で既に彼の中に芽生えていた死生観です。法相宗《ほっそうしゅう》の唯識では、個人的自我の奥に阿頼耶識《あらやしき》という「無我の流れ」を想定します。この識は常住ではなく、たえず生滅し、しかも間断がありません。現実世界とは、この流れの一滴一滴が顕現したもの。阿頼耶識が主体となり、水がたえず相続転起するように輪廻転生を引き起こす、と考えるのです。「春の雪」の冒頭には日露戦争の戦死者を弔う写真［85頁］が出てきますが、それは明治まで遡って日本の近代史を、そのように生じては滅ぶ一瞬一瞬の時の流れとしてとらえようとする「豊饒の海」の枠組みの提示であり、やがて訪れる自死を弔う象徴だったとも解釈できます。

ノーベル賞なぞには興味がありません

昭和元禄とも呼ばれる軽躁状態の中で、三島はひとり輪廻の観念をつきつめ、昭和とそれ以前の時代を、自己と社会を、どう結びつけるかという課題に向き合います。そこに、〝文化概念としての天皇〟が浮かび上がってくるのです。簡単に言い換えれば、それは死／滅びを、その都度その都度受け入れるからこそ連綿と続いてきた文化の総体を意味します。昭和41年には「人間天皇」に矢を放つ短編「英霊の声」を発表し、翌年に武士道を説く『葉隠《はがくれ》入門』を、昭和44年には政治論『文化防衛論』を刊行しました。

昭和43年10月、川端康成がノーベル文学賞を受賞します。三島も、この年を含めて計5回、同賞の候補に挙がっていたのですが、前年には「ノーベル賞なぞには興味がありません」と発言していました。天皇の人間宣言を糾弾することは、戦後社会の土台をひっくり返すことを意味しますが、そのような言動が受賞を阻んだ一要因であった可能性は否めません。そうと知りながら、彼は筋を通したのです。

昭和43年10月18日。川端康成ノーベル賞受賞の報を受けた翌日、鎌倉の川端邸で、NHKの座談会に出演して祝辞を述べた。
撮影＝新潮社写真部

昭和42年（1967）　42歳

2月、川端康成、石川淳、安部公房と共に、文化大革命に対する抗議声明を発表。

4月、陸上自衛隊に単身で体験入隊（〜5月）。日本文藝家協会の理事に就任。

5月、「平凡パンチ」誌の読者投票によるアンケート「オール日本ミスター・ダンディはだれか？」で1位に選ばれる。

7月、空手を始める。

9月、『葉隠入門』刊行。長編第28作『夜会服』を刊行。インド政府の招待により夫人と共にインド、タイ、ラオスを旅行（〜10月）。

昭和43年（1968）　43歳

3月、陸上自衛隊富士学校滝ヶ原分屯地に大学生らを引率して体験入隊（以後、学生を引率して体験入隊を繰り返す）。早稲田大学の学生だった森田必勝も加わる。

4月、東横劇場で上演された丸山明宏主演の「黒蜥蜴」の千秋楽に生人形役として特別出演。NLTを脱退し、「劇団浪曼劇場」を結成。

6月、市ヶ谷の私学会館ホールで「全日本学生国防会議」結成大会。

7月、長編第29作『三島由紀夫レター教室』を刊行。

10月、民間防衛組織「楯の会」を結成。評論『太陽と鉄』刊行。

12月、長編第30作『命売ります』刊行。

10月、川端康成がノーベル文学賞を受賞。

昭和44年11月3日に国立劇場屋上で行われた楯の会結成１周年記念パレード。先頭をゆくのは第2代学生長・森田必勝。

撮影＝新潮社写真部

民間防衛組織「楯の会」を結成

三島は小説世界と現実世界との共振に向けて、大胆な一歩を踏み出します。現実を超える方法論と新たなヴィジョンを提示する小説を書くことと、言葉の介在しない世界で死を決意することは、切り離せぬものになってゆきました。昭和41年秋頃から、祖国防衛隊を組織することを考え始めます。左翼学生運動に対抗する民族派「論争ジャーナル」の一派や、昭和41年に早稲田大学学生連盟の呼びかけで結成された日本学生同盟（日学同）のメンバーからスカウトした若者が、三島と共に自衛隊に最初の体験入隊をしたのは、「奔馬《ほんば》（豊饒の海・第2巻）」執筆の時期と重なっています。その後、祖国防衛隊の構想を支持していた財界人との決裂もあり、三島はポケットマネーで昭和43年10月、「楯の会」を結成。翌44年10月21日の国際反戦デーには新宿で新左翼による大規模なデモが予測され、自衛隊が治安出動した場合は楯の会も参入するつもりだったのが、デモは機動隊によりあっけなく鎮圧されてしまう。死を賭して闘う機会は訪れませんでした。

❦昭和44年（1969）　44歳

1月、長編第31作『春の雪（豊饒の海・第1巻）』刊行。

2月、長編第32作『奔馬（豊饒の海・第2巻）』刊行。

4月、『文化防衛論』刊行。

5月、東大全学共闘会議駒場共闘焚祭委員会主催による「東大焚祭」の討論会に参加。

8月、準主役を務めた映画『人斬り』封切。

11月、国立劇場屋上で「楯の会」結成1周年記念パレード。曲亭馬琴の読本を戯曲化した「椿説弓張月」を国立劇場で初演。『現代日本の文学35　三島由紀夫集』月報に掲載するため、徳大寺公英（きんひで）と対談。


1月、東京大学安田講堂攻防戦などにより、東大入試が中止に。7月、アポロ11号が人類初の月面着陸を果たす。10月、国際反戦デーのデモが機動隊によって制圧される。

❦昭和45年（1970）　45歳

7月、長編第33作『暁の寺（豊饒の海・第3巻）』刊行。

11月、池袋の東武百貨店大催事場で「三島由紀夫展」を開催（12〜17日）。18日、「図書新聞」掲載記事のため古林尚と対談（没後「三島由紀夫 最後の言葉」として発表される）。

同月25日、「天人五衰」の最終稿を家政婦に託し、「楯の会」のメンバー4人と共に陸上自衛隊市ヶ谷駐屯地へ。東部方面総監を人質に総監室にたてこもり、自衛官を集めるよう要求。檄文撒布の後、バルコニーで演説。その後、割腹自殺。森田必勝が後を追う（25歳）。


3月15日から約半年間、大阪で日本万国博覧会が開催される。

昭和45年11月25日、自衛隊市ヶ谷駐屯地での最後の演説は、野次とヘリコプターの騒音でほとんど聞こえなかったという。
photo：読売新聞／aflo

自決

自らの命を絶つことを具体的に決意したのと「天人五衰《てんにんごすい》（豊饒の海・第4巻）」の結末を決めたのは同時期、昭和45年3〜4月頃と推察されます。小説の結末は、救済のヴィジョンを描く当初の構想とは異なり、バッドエンドに変わりました。それこそが、三島の眼に映る戦後世界の正確な病理診断だったのです。11月25日朝、最後の原稿を家政婦に託すと、楯の会の4人――森田必勝《まさかつ》、小賀正義《まさよし》、小川正洋《まさひろ》、古賀浩靖《ひろやす》――と自衛隊市ヶ谷駐屯地に向かう。11時過ぎに益田《ました》兼利《かねとし》東部方面総監を人質にとって総監室にたてこもり、自衛官を集めるよう要求しました。バルコニーから憲法改正のための蹶起を促す演説を約10分行った。その後、総監室で割腹。介錯する予定だった森田は果たせず、古賀が実行。三島を追った森田の介錯も、やはり古賀が務めました。撒布された檄文にはこうありました。〈生命尊重のみで、魂は死んでもよいのか〉。その死から半世紀を経た今なお、三島は私たちにこう問い続けているのです。

世紀を越えて生きる三島

没後 6

世界に広がるミシマニア

三島由紀夫は45歳で亡くなりますが、それは、三島の文学と思想が新たなステージで、より大きく展開し始めたことを意味します（年表にはそのほんの一部を挙げました）。基盤となるテキストについては、まず昭和48年から51年にかけて『三島由紀夫全集』（全35巻、補巻1、新潮社）が刊行されます。その二十余年後、三島家に残されていた大量の原稿、創作ノート類を収めた三島由紀夫文学館が山梨県山中湖村に開館（1999年）。それらの資料をもとに『決定版　三島由紀夫全集』（全42巻、補巻1、別巻1、新潮社）［左頁下］が刊行されました。

神奈川近代文学館で三島由紀夫展が、ベルリン、東京、メキシコシティ、パリで国際シンポジウムが開かれるなど、「ミシマニア」（三島を愛する人たち）は、21世紀に入ってからも、国境を越えて広がり続けています。2024年11月から2025年2月にかけては、生誕100年を記念する展覧会が東京の日本近代文学館で開催されました。

築地本願寺の境内を埋め尽くす、弔問者と報道陣の人波。昭和46年1月24日午後1時から行われた葬儀・告別式には、喪主・平岡瑤子をはじめとする親族約100名、森田必勝の遺族、楯の会会員とその家族、交際のあった文化人が参列した他、一般の弔問者も夥しい数に及んだ。撮影＝新潮社写真部

没後

昭和46年（1971）　没後1年

1月24日、東京・築地本願寺において葬儀が行われる。葬儀委員長は川端康成。約8200人の弔問者が訪れた。

2月、遺作となった長編第34作『天人五衰（豊饒の海・第4巻）』刊行。

昭和47年（1972）　没後2年

3月、『小説とは何か』刊行。

4月、三島と森田必勝の死を見届けた小賀正義、小川正洋、古賀浩靖に懲役4年の実刑判決が下される。

11月、『日本文学小史』刊行。

4月、川端康成が自殺（72歳）。5月、沖縄が本土復帰。

昭和48年（1973）　没後3年

『三島由紀夫全集』刊行開始（～昭和51年）。

昭和51年（1976）　没後6年

4月、英・日合作映画『午後の曳航』公開。

6月、オペラ「金閣寺」（作曲＝黛敏郎、台本＝クラウス・H・ヘンネベルク）がベルリンで初演される。

12月、父・平岡梓、死去（82歳）。

昭和54年（1979）　没後9年

1月、伊勢丹新宿店で「三島由紀夫展」を開催（18～23日、仙台・名古屋・大阪・静岡に巡回）。

昭和62年（1987）　没後17年

10月、母・平岡倭文重、死去（82歳）。

昭和64年／平成元年（1989）　没後19年

11月、ベルリンの壁が崩壊。東西冷戦、終結へ。

1990年（平成2）　没後20年

5月、「午後の曳航」を原作とするオペラ「裏切られた海」（作曲＝ハンス・ヴェルナー・ヘンツェ、台本＝ハンス＝ウルリッヒ・トライヒェル）がベルリンで初演される。

1月、バブル崩壊。

厳しい批評眼と強靭な意志

いったいなぜ、三島由紀夫は世界中の読者を魅了し続けるのでしょうか。そこにはいくつもの要因がありますす。多くの読者、特に海外の人々にとって、三島に触れる最初のきっかけは、理性では理解し難いように見える衝撃的な死に方です。ところが、実際に「仮面の告白」や「金閣寺」を読み、「近代能楽集」、「サド侯爵夫人」などの舞台に接すると、いずれも極めて理知的に構成された作品であることがわかります。そこでは詩と散文、夢と現実、東洋と西洋、古典と近代といった対立する要素が見事に結びついている。近年になると、一方では「美しい星」や「命売ります」などエンターテインメントとして気軽に楽しめる作品、他方では演劇論や硬質なエッセイなどアカデミックなアプローチを必要とする文章が次々と翻訳されています。三島はとても一つの枠には収まらない作家で、知れば知るほど、新たな発見がある。三島人気の鍵は、このあたりに潜んでいるようです。

この世の現実に対する厳しい批評眼と、新たな現実を生み出そうとする芸術家の強靭な意志を兼ね備えた三島由紀夫。昭和と格闘した三島は、世紀を越えて、今も世界と闘い続けているのです。

1993年（平成5）　没後23年
7月、モーリス・ベジャール振付によるバレエ「M」が東京で初演される。

1995年（平成7）　没後25年
7月、妻・平岡瑤子、死去（58歳）。

1999年（平成11）　没後29年
7月、山梨県山中湖村に三島由紀夫文学館が開館。

2000年（平成12）　没後30年
『決定版　三島由紀夫全集』刊行開始（～2006年）。

2005年（平成17）　没後35年
神奈川近代文学館で「生誕80年・没後35年記念展　三島由紀夫　ドラマティックヒストリー」開催（4月23日～6月5日）。

2010年（平成22）　没後40年
この年のベルリンを皮切りに、東京（2015年）、メキシコシティ（2016年）、パリ（2019年）で、国際三島由紀夫シンポジウムが開催される。

2020年（令和2）　没後50年
3月、ドキュメンタリー映画『三島由紀夫vs東大全共闘　50年目の真実』（監督＝豊島圭介）が公開。ロングラン上映となる。

2024年（令和6）　没後54年
日本近代文学館で、「三島由紀夫生誕100年祭」展開催（11月30日～2025年2月8日）。

2025年（令和7）　没後55年
1月14日、生誕より満100年となる。

右／東京バレエ団から"日本"をテーマにした創作を委嘱されたフランスの巨匠振付家モーリス・ベジャールが題材に選んだのは、三島由紀夫だった。その人生・文学・思想・美学を丸ごとバレエ化した「M」は、1993年の東京での初演以来、同バレエ団の海外公演でも披露されてきた。写真は2020年11月の横浜公演より。photo: Kiyonori Hasegawa

左／2019年11月、パリ・ディドロ大学（現パリ・シテ大学）で行われた国際三島由紀夫シンポジウムのひとこま。壇上でマイクを握るのは、本章の解説者・井上隆史氏。最前列の白髪の紳士は、生前の三島を知り、その重要な伝記を著したアメリカの日本研究者ジョン・ネイスン氏。photo: Jérémy Marcellin

2000～06年に新潮社から刊行された『決定版　三島由紀夫全集』は、全42巻＋補巻1＋別巻1からなる。別巻は、映画『憂国』のDVDとシナリオ原稿などが収められたブックレットがセットになっている。

15作品ナビゲート

平野啓一郎と三島文学の森を歩く

「『仮面の告白』論」「『金閣寺』論」
「『英霊の声』論」「『豊饒の海』論」の
4部からなる平野啓一郎の大著
『三島由紀夫論』は、
現役の作家による作家論・作品論として
稀有のものであろう。
「三島との出会いがなければ
小説家になっていなかった」という平野が、
三島への率直な思いと共に、
その作品世界を案内する。

選・解説 **平野啓一郎**
あらすじ **芸術新潮編集部**

平野啓一郎氏、三島由紀夫のポートレイトのパネルと一緒に。パネルの写真は、築地本願寺で行われた葬儀の際の遺影となったもので、三島邸の祭壇にも飾られている。撮影＝筒口直弘（新潮社）

プロローグ

三島由紀夫という多面体へ近づくために

中学

2年生の時に「金閣寺」を読んだのが、僕が三島由紀夫と出会った最初です。衝撃的でした。それまで読んできた小説とは文体がまるで違う。非常にきらびやかで華麗なレトリックをそれこそ〝カッコいい〟と思いましたし、一方でその輝かしい告白体と著しいコントラストをなす主人公の内面の徹底的な暗さ、社会からの疎外感にも共感しました。そこから三島という作家に関心をもつようになり、「仮面の告白」や「潮騒」など、新潮文庫に入っている作品を手あたり次第に読んでいきました。すると今度は、三島が文中で言及しているさまざまな作家たちにも興味がわいてきて、読書の幅がどんどん広がってくる。好きな作家が好きなものは知りたくなりますからね。

たとえばトーマス・マンなども三島経由で読むようになり、特に初期のマンには惹かれました。「トニオ・クレーガー」や「道化者」、「ブッデンブローク家の人びと」のような、芸術家の世界と市民社会のはざまにあって、どちらに属したらいいかわからずに悩む、中途半端な人間が主人公の作品ですね。三島はマンをとても尊敬していましたが、社会に対する態度は、三島とマンで大きく異なります。三島が戦後の日本社会を全否定していたのに対して、マンは少なくとも普仏戦争の頃までのドイツの市民社会は非常に立派なものだったという思いを強く持っていました。ナチスが出てきた時に、それに対抗する価値観として市民社会、市民的なものの意義を強調したわけですから。そこが、空虚化した個人のアイデンティティの委ね先を日本という国家の次元に求めた三島との大きな違いです。

この特集では、『決定版　三島由紀夫全集』（2000〜06年　新潮社）で42巻（他に補巻1、別巻1）にもなる三島の仕事から、15篇を選びました。三島は非常に多面的な活動をした人で、作品も多彩です。その多彩な全体像が見渡せるように、長編小説、短編小説、戯曲、日記、エッセイ、評論、それから対談、インタヴューというふうに幅広いジャンルから重要と思われるものを選んでいます。

三島は30代以降、ボディビルで体を鍛えあげました。写真で見るといかにも筋骨隆々ながら、実際に会ったことがある人はみなさん小柄な人だったと言いますね。本人の言《げん》によれば、〈体重は五〇キロくらい。身長一六四センチ〉（「三島由紀夫氏との50問50答」／「婦人公論」昭和42年9月号）。全体を量ったことはないですけど、決定版全集が出始めた時、この1冊の重さに巻数を掛けるとだいたい50キロになるんじゃないかと、ふと思ったことがあります。今回の15篇にも選んでいる「太陽と鉄」の冒頭で三島は、その〈告白と批評との中間形態〉ともいうべき独自のスタイルの所以を、〈私は「肉体」の言葉を探していたのである〉と説明しています。単なる偶然とはいえ、体重と全集の総重量が同じだとしたら、これほど三島にふさわしいことはないに違いありません。

ひらの・けいいちろう

1975年、愛知県生れ、北九州市出身。小説家。京都大学法学部在学中の1998年、中世ヨーロッパを舞台にした「日蝕」によりデビュー。同作は翌年、第120回芥川賞を受賞した。以後の主な小説に『葬送』、『決壊』（芸術選奨文部科学大臣新人賞）、『ドーン』（Bunkamuraドゥマゴ文学賞）、『マチネの終わりに』（渡辺淳一文学賞）、『ある男』（読売文学賞）、エッセイに『私とは何か――「個人」から「分人」へ』、『「カッコいい」とは何か』などがある。2008〜19年には三島由紀夫賞の選考委員も務めた。2020年からは芥川賞の選考委員。2023年に刊行された『三島由紀夫論』は小林秀雄賞を受賞している。

もし初めて三島の作品を読むとしたら何がいいか。やはり僕がまさにそうだったように「金閣寺」か、もしくは「仮面の告白」から読み始めるのがおすすめです。

両者には質の高さに加えて形式面でも共通する要素がある。34篇を数える三島の長編小説の中で、一人称視点で書かれているのは——つまり「私」を語り手かつ主人公にしているのは——じつは「仮面の告白」と「金閣寺」だけなんです。◆註 三島が本当に書きたかったことを書いていると強く感じられる、という意味でもこの2作は特別です。逆に言えば、「仮面の告白」と「金閣寺」で一番書きたいことを書いてしまったあと、どのように創作活動を続けながら戦後社会を生きていくのか、三島にとって大きな課題が浮かびあがってくるのです。

「仮面の告白」は、昭和24年に河出書房の企画「第五回書き下ろし長篇小説」として刊行されました。出版直後はぱっとしなかったものの徐々に評判になり、同年末の読売新聞の回顧記事では、文学ジャンルの9選者のうち6人までが同年の作品ベストスリーのうちに

◆註……他に「音楽」が「私（＝精神分析医・汐見和順）」を語り手とするが、主人公は患者の弓川麗子である。

天才少年の〝再〟出発
「仮面の告白」

1/15 works

書き下ろし
『仮面の告白』 昭和24年7月 河出書房
現在、新潮文庫
＊以下、書影は全て初版本

あらすじ

生後間もない私は、脳神経痛を患う祖母の病室にひきとられ、溺愛されながら育った。私は、幼時の〈最初の記憶〉のいくつかを〈異形《いぎょう》の幻影〉として反芻する——坂を下りてくる汚穢《おわい》屋《や》（糞尿汲取人《ふんにょうくみとりにん》）の若者、練兵帰りの兵士たちの汗の匂い、童話の中の殺される王子たち、神輿振りの一団の狼藉……。やがて13歳の私はグイド・レーニの《聖《サン》セバスチャン》の絵に歓喜し、射精する。それが自瀆の〈悪習〉の始まりだった。

自分の性的指向が、〈「女」という字から異常な刺戟をうける〉級友たちのそれと異なる倒錯したものであることに気づいた私は悩む。終戦の前年、大学生の私は友人・草野の妹である園子と出会って親しくなる。草野の家族から疎開先の某村に招かれた私は、ある日、園子に接吻するが erectio は起こらなかった。草野からは園子との結婚を打診する手紙が来るものの、私はそれを断る。戦争の勝ち負けはもはやどうでもよく、私は〈ただ生れ変り〉たいと願った。

戦後、私は友人に誘われ娼家へ行くが、行為は〈不可能〉だった。私は人妻になった園子と町で再会し、肉体的な関係はないまま密会を繰り返すようになる。ある時、園子に「もう勿論《もちろん》あのことは御存知の方《ほう》でしょう」と聞かれた私は、「うん、……知ってますね。残念ながら」と答えるのだった。

『仮面の告白』第二章に登場するグイド・レーニの《**聖セバスティアヌス**》(小説では「聖セバスチャン」)。この殉教聖人は、最初、矢で射られて絶息するも、聖女イレネの介抱で蘇生し、こんどは棍棒で殴り殺された。中近世のヨーロッパではペストからの守護聖人として崇められ、画像も多いが、キリスト教国でもない日本でこんなに有名なのは、そう、平岡少年のお蔭です。●1615~16年頃 油彩、カンヴァス 127×92cm ジェノヴァ、パラッツォ・ロッソ蔵 photo: Mondadori / aflo

挙げています。

三島が24歳だったことを考えると、普通なら順風満帆の船出なんですが、本人はかなりの危機感を抱きながらの執筆でした。というのも三島はすでに戦時下の昭和19年に短編集『花ざかりの森』（七丈書院）を出版しており、一部では天才少年扱いされていました。ところが終戦で状況ががらりと変わってしまう。戦時中、逼塞を余儀なくされていた戦前からの大家（永井荷風、谷崎潤一郎、正宗白鳥など）が新作を出して広く迎えられ、他方、三島よりもひと回り年上の戦後派作家（野間宏、椎名麟三、梅崎春生など）が新人として次々と登場し、戦後的価値観の体現者として注目を浴びる。こうなると、日本浪曼派に近い立場で耽美的な小説を書いていた三島などは、古臭い、時代遅れの作家としてそのまま忘れ去られかねません。あるいは、パージされる懸念もあったでしょう。そういうタイミングで書き下ろしを依頼され、大蔵省を退職して執筆に臨んだのが「仮面の告白」でした。

テーマは性と戦争

焦りと不安を抱え、いわば背水の陣を敷いた格好の一方で、戦前戦中とは異なり、今やなんでも書くことができる時代になっているという追風もあった。その中で何を書くか、自分にとって最も切実なテーマは何かを考えた時に出てきたのがセクシャリティの問題、そして戦争体験です。

「仮面の告白」の執筆・刊行当時、三島はそれが〈自分で自分の生体解剖をしようという試み〉であり、〈能《あた》うかぎり正確さを期した性的自伝〉であると述べています。その言葉通り、幼時からの性のめざめがさまざまなエピソードによって語られますが、主人公の性的なまなざしは、常に男性に向けられていました。そうした同性愛的な傾向は、13歳で自瀆の〈悪習〉に染まるとともに、その対象の選別を通じて確定することになる。近江という不良生徒が体操の時間に懸垂の手本を示した際、〈彼のむき出された腋窩《えきか》に見られる（中略）煩多《はんた》な夏草のしげり〉を目にして〈erectio が起っ〉た一方、親友・草野の妹である園子と初めて接吻をしても〈何の快感もない〉というふうに、以後は erectio の有無が、主人公の愛が本物なのか偽物なのかをチェックする、リトマス試験紙のようなものになってゆくのです。

本作の主人公は異性愛者か、同性愛者か、という二者択一の議論が昔からありますが、僕は、精神的には女性を愛しながら、性的には男性にしか興奮しないという不一致こそが主題だと思います。

同性愛自体には最初に読んだ時から特に衝撃は受けなかったものの、マスターベーションが得も言われず、陶酔的に美しく描かれているのはなんだか不思議な感じがしました。読んだ自分も主人公と同じくらいの年頃だったわけですが、10代の男の子たちの間ではそれはちょっと恥ずかしいような、あるいは笑い話にするような事柄のはずなのに、それがこんなに耽美的に描かれてしまうんだという驚き。父の外国土産の画集でグイド・レーニの《聖《サン》セバスチャン》［前頁］を見ているうちに〈私の手〉が〈しらずしらず、誰にも教えられぬ動きをはじめ〉て、〈最初の ejaculatio〉を経験するシーンがとりわけ有名ですが、ほかにも母や弟妹と海水浴に行った海辺の〈巌《いわお》の上〉で、〈青空の下での最初の「悪習」〉に耽ったり、印象に残る場面がいくつもあります。

「仮面の告白」の後半で、同性愛と並ぶ重要なテーマになるのが戦争です。戦争最後の年の2月、主人公は召集を受けますが、現実の三島がそうだったように入隊検査の直前に風邪をひいたことで、若い軍医が肺浸潤と誤診して、即日帰郷を命じられます。勤労動員は続くとはいえ、戦地に行かなくてはならない人たちからしたら喉から手が出るほど欲しい自由な時間が与えられたわけで、主人公にはそれを無為に過ごしてはいけないという思いが強い。時間を無駄にしないため主人公がのめりこんでゆくのが、先ほどもふれた園子との恋愛です。ところがセクシャリティの問題が邪魔をしてうまくゆかない。そうこうするうちに戦争が終わり、園子は他の男と結婚してしまう。

生の充実へのオブセッション

三島自身が私小説だと断っているように、「仮面の告白」の内容は、園子（のモデルとなった女性）との交渉も含めてその多くが事実に基づいていると考えられています。しかしもちろん、現実の三島とまったく一緒というわけではありません。現実の三島は恋愛もさることながら、文学を生きがいにして戦争をくぐりぬけました。みずから用紙の手配に奔走して『花ざかりの森』の出版にこぎ着け、戦争の最末期、8月15日の前後には短編「岬にての物語」の執筆に夢中でした。これは「金閣寺」の主人公の溝口も同じなんですが、彼らは明らかに三島の分身でありつつ、文学的才能の部分だけをきれいに刳り抜いた存在です。別にモデルもいた溝口の場合はさておき、「仮面の告白」の主人公をなぜそのように造形しなくてはならなかったのか。おそらく、戦地で戦って死んだ同世代の若者がたくさんいた中で、自分は小説を書くことで生き残ったと堂々と主張していいものか、やはり躊躇があったのではないでしょうか。

戦後の三島には、戦場に行かずにこうして生きているからには自分の生はすごく充実したものでなくてはならない、なんとなく生きていてはいけない、そんなオブセッションがあったと思います。それこそが40代の三島を反動化させる要因の一つにもなる。晩年の天皇主義者としての主張からすると、「仮面の告白」の主人公が戦争そのもの、また戦時下の自他に向ける視線はかなりシニカルで辛辣ですが、やがてそうなってしまう思想的な雛型のようなものがここにあることも確かでしょう。

セクシャリティと戦争――「仮面の告白」は三島の若い日の悩みや苦しみが凝縮された小説です。同じ一人称小説でも、「金閣寺」とはまた違った文体で、なんとも言えない馥郁たる香りが立ち上る。今でもとても好きな作品ですね。

また、これは「仮面の告白」に限りませんが、プロローグでもトーマス・マンのことにふれたように、ヨーロッパ文学の豊かな富がミックスされているのは、三島の作品の大きな魅力です。「仮面の告白」でもエピグラムにドストエフスキーの「カラマーゾフの兄弟」の一節が掲げられているのをはじめ、ユイスマンス、アウグスティヌス、アンデルセン、オスカー・ワイルド、ツヴァイク、プルーストなどの名前が登場します。文学作品というのは真空にぽつんと1冊で存在しているのではなく、世界文学という非常に大きな森の有機的なつながりの中にある――そのことを教えてくれたのも三島、ことにその初期の作品群でした。

男と男と男と女の愛欲万華鏡

「禁色」

2/15 works

第一部は「群像」、第二部は「文学界」に連載
『禁色　第一部』　昭和26年11月　新潮社
『秘楽（ひぎょう）　禁色第二部』　昭和28年9月　新潮社
その後、「秘楽」の題を抹消して「禁色」で統一
現在、新潮文庫

三島　本人は四六駢儷体《しろくべんれいたい》（六朝時代から唐代に盛行した、四句と六句の対句で構成する美文）の影響だと言ってますけど、対句的なレトリックを好みましたし、基本的に二元的《バイナリー》な思考法をする人です。

文章の書き方だけでなく、作品も対になるような仕事の進め方をすることがあって、たとえば「金閣寺」に続いて「鏡子の家」を書いたことについて、スタンダールが「赤と黒」のあとに「パルムの僧院」を書いたように、作家というのは個人を書いたら次は時代を書きたくなるものなんだと説明しています。「仮面の告白」と「禁色《きんじき》」の関係も同様に見ることができそうです。「仮面の告白」の主人公が自分のセクシャリティについて孤独に悩んでいたのに対し、「禁色」の主人公は戦後のゲイ・コミュニティの中へ入っていって、乱倫というのかな、いろんな相手と次々に体の関係を持つ様子が活写されています。

正直に言うと、僕はこの小説はあまり得意ではありません。主人公の美青年・南悠一《みなみゆういち》の肉体に向かって、老いも若きもひたすら〝がっついてくる〟感じとか、何となく悲惨な印象も受けます。鏑木《かぶらぎ》元伯爵と悠一の情事を、予定外に早く帰宅した鏑木夫人が偶然目撃してしまうという、ストーリーを大きく動かす場面があるんですが、その直前、会うなり腕を取って書斎へ連れこもうとする元伯爵に向かって悠一が口にする「好きだなあ」というセリフとか、ほんとになまなましくて、かなり長い小説でもあるし、読んでいると疲れるところもあります。

同性愛から時代を描く

ただ、この小説もやはり、三島が書きたいことを書いた作品で、同性愛という主題にしても、「仮面の告白」の延長線上にあると同時に、それを通じて、まだ占領下にあった戦後の世相を描くことができるだろうという見通しのもとで選択されていると思います。三島を理解する上で外せない作品であるのは間違いなくて、悠一を背後で操ってかつて自分を袖にした女たちに復讐しようとする老作家・檜俊輔《ひのきしゅんすけ》の設定には、「豊饒の海」4部作で狂言回しの役割をはたす本多繁邦《しげくに》の原型のようなところがある。他にも、互いの秘密を知り、全てが虚偽だとわかっていながら続けられる夫婦関係（悠一・

photo: Miwako Iga

あらすじ

旅先で知り合った美少女・康子を追う老作家の檜俊輔は、ギリシャ彫刻のような〈愕くべく美しい青年〉南悠一と出会う。悠一は親が決めた康子の許婚だったが、女を愛せない同性愛者であり、結婚をためらっていた。

醜い容貌ゆえに一生を女に裏切られ続けてきた俊輔は、悠一の美貌を利用して女たちに復讐することを思いつく。肉欲を感じないまま康子と結婚することを悠一に勧め、さらにかつて自らを翻弄した鏑木元伯爵夫人や穂高恭子と引き合わせた。

俊輔の指示に従い、女たちの嫉妬を煽る一方で、同性愛者の秘密社会へ足を踏み入れた悠一は、みずからの本来の欲望のまま、刹那的な愛を生き始める。やがて悠一の手引きで俊輔は恭子を犯し、じつは男色家であった鏑木元伯爵と悠一の情交を目撃した鏑木夫人は、衝撃のあまり失踪。悠一の子を生んだ康子は、夫との関係に絶望しながら〈老醜の年齢まで〉添い遂げる覚悟を固めていた。

鏑木元伯爵や彼の後に愛人となった自動車会社社長・河田と手を切った悠一は、俊輔にも別れを告げようとその家を訪ねる。自分が今や悠一に恋していることを自覚した俊輔は、神経痛の鎮痛剤の致死量の嚥下により、悠一のそばで眠るように死ぬ。机の抽斗《ひきだし》には、莫大な財産を全て悠一へ贈る旨の公正証書が残されていたのだった。

康子夫妻、鏑木夫妻）とか、三島的なモティーフがさまざまにちりばめられています。

三島のセクシャリティについては堂本正樹『回想　回転扉の三島由紀夫』（2005年）などの証言がある一方で、結婚して子供もいましたし、女性とも付き合っていたわけで、最後の最後のところは彼の性自認に関して断定的なことは言い難いですね。昔にくらべて、セクシャリティの認識も細分化されてきていますし。

同性愛を明示的に描くことは「禁色」を最後にいったん封印されるものの、「憂国」のように韜晦《とうかい》的にそれを描いた例はあります。――二・二六事件に際し、新婚のゆえをもって蹶起に誘われなかった近衛歩兵一聯隊《れんたい》の武山信二《たけやましんじ》中尉が、皇軍相撃つ状況に悲憤し、激しい情交ののち、麗子夫人とともに自刃して果てる――これが「憂国」の物語ですが、堂本さんも指摘していますし、僕も最初に読んだ時にそう思いましたけど、この麗子夫人というのはお小姓的です。

三島の女性観は？

三島は、男はこうで女はこう、という調子でしばしば非常に断定的に書いていて、その中には現在の基準からするとミソジニーと解釈されても仕方がないものも少なくない。ただ、単なる女性嫌悪の人だったかというとそうではなく、「サド侯爵夫人」にしても「宴のあと」にしても最後は女性が夫に愛想をつかす話だし、女性が自由奔放に生きる姿を肯定的に描くことも珍しくない。また、「午後の曳《えい》航《こう》」の房子と登の母子関係の描写にかなり直接的に反映しているように、三島には一種のマザー・コンプレックスがありますね。書きあがった原稿をまずお母さんに見せてから出版社に送っていたという話もあるくらいですから。

2010年にベルリンで開催された三島由紀夫のシンポジウムに参加したことがありますが、パネリストたちが三島のセクシャリテ

photo: Miwako Iga

ィについてあたりまえのように議論していたのは新鮮でした。「仮面の告白」や「禁色」のような大胆な作品を発表する一方で、三島には同性愛がきっかけになって社会的に失墜してしまうことへの不安も強くあったのではないか。

「禁色」で言えば、鏑木元伯爵や自動車会社社長の河田など社会的地位のある悠一のパトロンたちの描き方にそれが感じられるし、悠一が同性愛者である旨を密告する手紙が母と妻にそれぞれ届き、悠一が窮地におちいる場面もある。「豊饒の海」の本多が晩年に〝のぞき〟で捕まって社会の嘲笑をあびるエピソードにも、そうした恐れが反映していそうです。苦手とは言いましたが、現在はLGBTQの理解も進んできていますし、「禁色」にも改めて光があたるといいなと思います。

三島は初期から中期にかけて、すごくいい短編をたくさん書いています。僕も「金閣寺」を読んでハマったあとすぐ、「花ざかりの森」が入っている自選短編集（『花ざかりの森・憂国』新潮文庫）を読んで、またしても強烈な印象を受けました。「海と夕焼」もそこに収録されています。

「海と夕焼」は、13世紀初頭に起こったいわゆる少年十字軍の事件が素材になっています。歴史上有名なエピソードですし、羊飼いの少年に率いられてマルセイユに着いた子供たちがだまされて船に乗せられ、アレクサンドリアの奴隷市場で売られてしまうところまでは、実際の歴史に即している。19世紀フランスの作家マルセル・シュオッブにも、そのものずばり「少年十字軍」という散文詩風の短編があります。リーダーの少年が、ペルシャ、インドを経て日本までやって来て、今は建長寺の寺男になっているという設定は、もちろん三島のオリジナルですけど。

三島は資質としては大長編でない長編や、中編と長編の中間くらいの規模の作品が一番うまいと思います。三島がよく翻訳された理由の一つですね。短編もうまいんですけど、ある時期から短編にはあまり関心がなくなっていったようです。思想的な主題を深く描こうとする場合、短編では書ききれないからでしょう。実際、「橋づくし」（昭和31年）などは三島短編中の絶品とされていますが、内容的には何ということもない話です。短編にあきたらなくなっていった理由としては、単なるうまい作家ではありたくなかったこともあるかもしれない。「海と夕焼」を選んだのは、「橋づくし」のような技巧的洗練のゆえではありません。自選短編集の解説で三島自身、起こらなかった奇蹟をめぐ

あらすじ

文永9年（1272）の晩夏、鎌倉建長寺裏の勝上《しょうじょう》ヶ岳《たけ》へ、寺男の安里《アンリ》が、聾唖の少年を連れて登ってゆく。陰で〈天狗〉と呼ばれている異相の安里は、はるか稲村ヶ崎あたりの夕焼の海を見ながら、〈何もきこえず〉〈何事をも解さない〉少年に向かって仏蘭西《フランス》語で自らの来し方を語り始める。

聖地が異教徒に奪われ、フランス人が悲しみに沈んでいた1212年のこと、羊飼いの少年アンリの前に基督《キリスト》が現われて告げた。「聖地《エルサレム》を奪い返すのはお前だよ、アンリ。（中略）沢山の同志を集めて、マルセイユへ行くがいい。地中海の水が二つに分れて、お前たちを聖地へ導くだろう」

マルセイユに到着したアンリたちだが、夕焼の海に向かっていくら祈り、いくら待っても、海が分れ、道が現われることはなかった。やがて男が、エルサレムまで連れて行こうと申し出る。少年少女を乗せた船はエジプトへ向かい、彼らは奴隷として売られてしまう。アンリはペルシャ、次いでインドに到り、仏教を学びにきていた中国僧・大覚禅師（＝蘭渓道《らんけいどう》隆《りゅう》）と出会って、自由の身にしてもらう。

禅師について日本へやって来たアンリは、今は年老いてもはや故国に〈還りたいという望み〉もない。が、夕焼の美しそうな日にはこの山に登り、かの日の起こらなかった奇蹟について思いをはせるのだった。

るこの作品の主題は、〈何故神風が吹かなかったか〉という大東亜戦争のもっとも怖ろしい詩的絶望〉をただちに想起させるだろうと述べているように、三島のロマン主義を理解する上で欠かせない作品だろうと考えて選びました。文章がまたカッコいいんですね。主人公の安里《アンリ》の述懐、

今もありありと思い出すのは、いくら祈っても分れなかった夕映えの海の不思議である。奇蹟の幻影より一層不可解なその事実。何のふしぎもなく、基督の幻をうけ入れた少年の心が、決して分れようとしない夕焼の海に直面したときのあの不思議……。

といったあたりの文章は、中学生の時には暗記していたくらいです。

この自選短編集では他に「詩を書く少年」（昭和29年）が、三島の自伝的要素と透明度の高い詩的な文章を併せ持つ重要な作品です。それから、「牡丹」（昭和30年）は、後年の右傾化の問題とのかかわりで興味深い。――語り手が見物に行った牡丹園の持ち主である老人は、じつは南京虐殺の首謀者と目される川又元大佐だった。戦犯裁判から逃げきって牡丹園を買い取った川又は、〈たのしみながら、手ずから念入りに殺した〉女たちと同じ数、580本の牡丹を育てて、〈自分の忘れがたい悪を顕彰〉している――そんな話です。晩年の三島は日本陸軍に対する強いシンパシーを示しますが、世紀末文学の影響を受けたとおぼしい（作家自身はリラダンの貧弱な模写と言っています）この快楽主義的な戦争観を見ると、決して一直線に右傾化していったわけではないことがわかると思います。

3/15 works

起こらなかった奇蹟のふしぎ

「海と夕焼」

初出「群像」昭和30年1月号
現在、新潮文庫『花ざかりの森・憂国』に所収

小説の中で安里は建長寺の裏山から稲村ヶ崎あたりの海を遠望することになっているが、この写真はその稲村ヶ崎から七里ヶ浜にかけての海辺より江の島、さらに富士山の方を望んだところ。photo: Yoshiyuki Kaneko / aflo

三島の「金閣寺」執筆は放火事件の6年後だが、川端龍子は事件直後、幅2メートル超えの大画面に燃える金閣を描き始め、わずか2ヶ月後には展覧会に出してしまった。大衆の関心を摑み、機を見るに敏というのも、龍子が掲げる会場芸術主義の一面。遅いよ、三島君!?
●**《金閣炎上》** 昭和25年（1950） 紙本着色 142.0×239.0㎝ 東京国立近代美術館蔵 photo: MOMAT / DNPartcom

4/15 works

金閣＝天皇とのわかれ!?
「金閣寺」

やはり「金閣寺」が三島の最高傑作だと思います。全作品の中でもちょっと飛びぬけていて、これがあるかないかで作家としてのイメージ自体が全然違ってくる。デビュー以来の技術的な蓄積と、若い意欲、書きたいテーマ、それら何もかもが絶妙なバランスで統合されています。

「金閣寺」は周知のように、昭和25年7月2日に起こった鹿苑寺《ろくおんじ》の青年僧・林養《よう》賢《けん》による金閣放火事件を題材にしています。放火した僧の名は、作中では「溝口」に変えられ、彼の一人称で物語が進んでゆきます。三島は綿密な取材をして

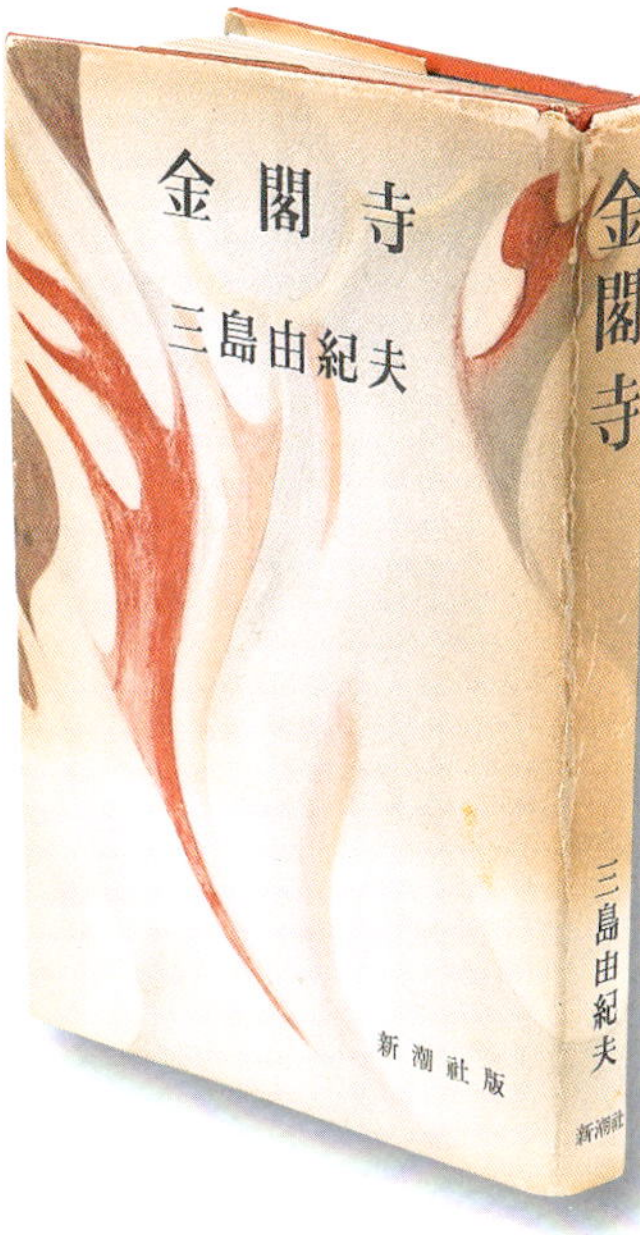

「新潮」に連載
『金閣寺』　昭和31年10月　新潮社
現在、新潮文庫

おり、主人公の出身地や身分、吃音などはモデルの属性を踏まえていますが、犯行の動機面については実際の犯人のそれは重視されていないようです。溝口はじめ、柏木《かしわぎ》、鶴川といった主要な登場人物の心情、思想には、三島本人のそれがある程度率直に反映していると考えていいでしょう。

金閣との合一願望

「仮面の告白」同様、「金閣寺」でも戦争は重要なファクターで、特に戦争の終わりが、放火に到る重要な契機とされています。林養賢はこれについて何らの発言も残しておらず、この設定は実際の事件とはかかわりのない、作者の創意ということになる。

　以前、『「金閣寺」論』という文章を書きました。その論文で僕は、金閣を天皇として読むという視点を提示しています。意外なことに、いろんな人が「金閣寺」を論じているにもかかわらず、金閣＝天皇という見方は、それまで本格的に論じられていなかったんですよ。自決直前のインタヴュー（「三島由紀夫 最後の言葉」、93頁参照）でも、〈絶対者の秩序の中にしかエロティシズムは見出されない〉と言っているように、晩年の三島は、絶対者の存在をはっきりと要請し、日本においては絶対者とは天皇だと主張しました。「金閣寺」では直接的な天皇への言及はほぼ皆無ですが、創作ノートによると、金閣の位置づけは、のちに三島が天皇の名で呼ぶことになる絶対者そのものです。

　主人公は戦争末期、空襲による金閣の焼亡を予想して、このはるかに隔絶していたはずの存在と自分が一体化できるのではないかと夢見ます――〈私を焼き亡ぼす火は金閣をも焼き亡ぼすだろうという考えは、私をほとんど酔わせた〉というわけです。この金閣との合一願望は、のちの「英霊の声」における天皇との合一願望を先取りしたものに見えます。ところが案に相違して、京都は戦火を免れたまま戦争は終わる。その結果、〈『金閣と私との関係は絶たれたんだ』と私は考え〉ますが、にもかかわらず、金閣との一体化の幻想は主人公を拘束し続けます。彼が現実世界を生きようとすると――具体的には女性にふれようとすると――いつも幻の〈金閣が立ちあらわれ〉て邪魔をするんですね。それで主人公は金閣を焼くことになる。

あらすじ

日本海の海辺の貧しい寺に生まれた私（＝溝口）は、〈金閣ほど美しいものはない〉と父に聞かされて育つ。虚弱な身体と吃音が私を内向的な人間にした。

　病弱な父が死に、私は父のかつての修行仲間である老師のもと、金閣寺で修行生活に入る。最初に実際の金閣を見た時は何の感動もなかったものの、金閣は〈戦争の暗い状態を餌《えさ》に〉輝きを増し、さまざまな美を示した。

　やがて戦争が終わり、私は老師のはからいで入学した大谷大学で、強烈な毒をはらんだ逆説的な人生哲学を持つ柏木と出会う。内翻足《ないほんそく》の柏木は、その障碍を逆手にとり、どんな美女もものにしてしまうのだった。私は柏木の手引きで女と交わろうとするが、金閣の幻が顕われて不首尾に終わる。

　徒弟仲間の鶴川が死んだ。晴朗な友を失い、私はいよいよ孤独を募らせた。再び柏木に女をあてがわれるが、またしても金閣が出現。私はついに美を怨敵視するに到る。いくつかの行き違いから老師との関係も険悪となり、金閣寺の後継者となる望みも絶たれた。出奔してたどり着いた海辺で、一つの想念が浮かびあがる。『金閣を焼かなければならぬ』

　金閣に火を放った私は、最上層の究竟《くきょう》頂《ちょう》に入って死のうとするが、扉は開かない。裏山に逃げた私は、空に渦巻く煙と炎を見ながら、生きようと思うのだった。

父と家族を拒否した三島

放火の前日、老師の古い友人である禅海和尚が金閣寺に泊まり、主人公と対話する場面があります。それまで全く未知の人物であり、やや唐突感はあるものの、三島としては無理をしてでも書いておきたかったのでしょう。〈和尚には老師の持たぬ素朴さがあり、父の持たぬ力があった〉と主人公は述懐しますが、三島はここでいわば父性の3類型を提示しています。

主人公の父は、妻の浮気に見て見ぬふりをするような、現実に目を閉ざして金閣の美に惑溺した人。主人公はこの父に金閣の美の観念を植え付けられ、また金閣寺の徒弟に入れられることになる。現在の父代わりの老師は、大寺の住職然とした見かけのうちに、戦後社会そのもののような精神の空洞を抱えていました。禅海は、「私の本心を見抜いて下さい」と迫る主人公に、「見抜く必要はない。みんなお前の面上にあらわれておる」と答えて、外面と内面に分裂した主人公の苦しみを救います。それはこの段階では、主人公の〈行為（＝放火）の勇気〉を掻き立てる結果になってしまうものの、やはり禅海こそは理想的な父性の体現者でしょう。

「金閣寺」4

父性の問題はじつは三島において極めて重要です。禅海のような行きずりの人物はともかく、三島の小説には立派な父親はほとんど出てきません。若者たちを死なせながら自分たちは生き残った年長世代を見ていた三島には、歳を取っていくための尊敬できるロールモデルが存在しなかった。これにセクシャリティの問題が加わるため、三島には家族主義も受け入れられない。近代日本の天皇制は「天皇＝父／国民＝天皇の赤子」という疑似家族制度を理念的背景に持ちますが、三島には父も家族も否定の対象でしかない。「教育勅語」も批判しています。晩年の三島の天皇主義がかなり飛躍のある矯激なものになったのも、老いることを拒否して自決するに到ったのも、ここに一つの根を持ちます。

「金閣寺」は、放火を終えて寺の裏山に登った主人公が煙草を喫《の》みながら、〈一ト仕事を終えて一服している人がよくそう思うように、生きようと私は思った〉という有名な一文で終わっています。多くの若者たちも戦争が終わったあとそれぞれに、戦時の価値観、絶対者としての天皇と決別し、戦後社会を「生きよう」と決断したはずです。三島はそれにいささか遅れるかたちで、林養賢／溝口の姿を借り、金閣に表象される天皇との決別を試みた——つまり、戦後社会を受け入れる決心をいったんは示した、そう考えることができるのではないでしょうか。

上／焼亡した金閣。放火犯の林養賢は、懲役7年の実刑判決を受けたが、心身の病状の悪化から減刑措置となり、昭和30年10月に釈放された。三島がまさに「金閣寺」を雑誌連載中だった翌昭和31年3月、結核で死んでいる。享年26。なお、現在の金閣は、昭和30年に再建されたものである。photo：毎日新聞社／aflo

戦後社会を
生きる夢

5/15 works

「鏡子の家」

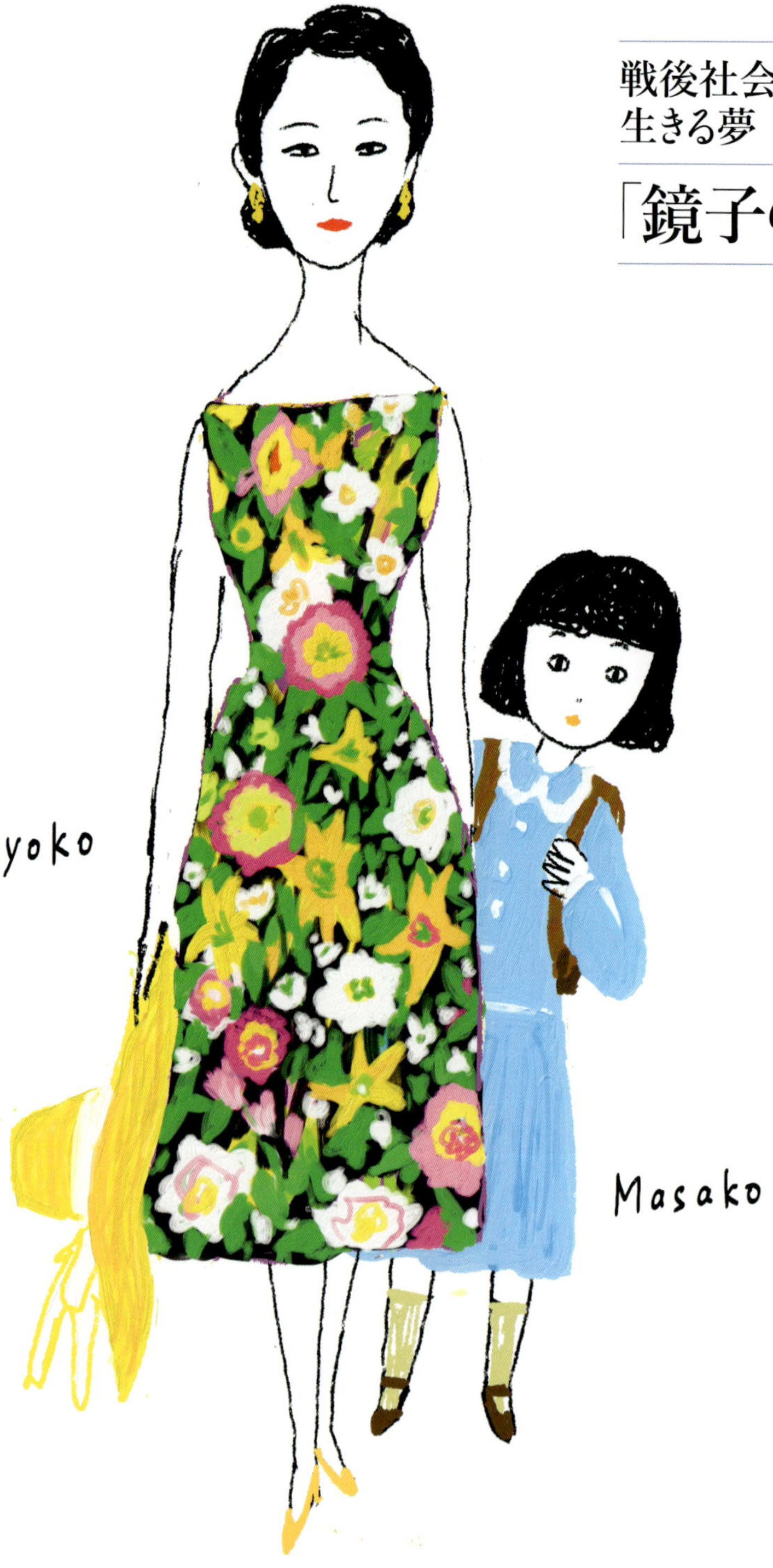

illustration: Kyoko Tange

「金閣寺」

の脱稿から1年半後の昭和33年春、三島は新たな大作「鏡子の家」に着手します。金閣放火という象徴的な行為によって、自分に繋がる戦中的な記憶を切断した三島が、資産家令嬢の鏡子の家に出入りする4人の青年たちに仮託して、戦後社会をどうやって生きていくのかを、いわばシミュレーションした小説です。

エリート商社マンの清一郎は、世界はいずれ崩壊するという確信によって戦後社会のくだらなさを虚無化し、欺瞞は欺瞞として受け入れながら生きていく。「金閣寺」には、世界を変えるのは認識だとする柏木と、いや行為だとする溝口の対決の場面がありますが、清一郎は、印象こそかなり違えど、柏木の後身と見ることが出来そうです。これに対して他の3人――ものを考えないことをポリシーにして行動者としての生の充実をめざす拳闘選手の峻吉、人に見られるというかたちでの他者からの承認により自分の存在を信じようとする美貌の俳優の収、〈自分自身にも定かには知られていない一つの秩序〉へ向かって虚無から世界を再構成する才能豊かな日本画家の夏雄――は、それぞれに虚無的な世界を具体

第一部第二章の途中まで「聲」に初出、
以下書き下ろし
『鏡子の家　第一部』
『鏡子の家　第二部』
共に昭和34年9月　新潮社
現在、新潮文庫

あらすじ

30歳の友永鏡子は、夫を家から追い出し、8歳の娘・真砂子と共に信濃町の洋館で気ままに暮らす。焼跡時代の無秩序を愛する彼女の家は、幼馴染で財閥系貿易会社社員の杉本清一郎、拳闘選手の深井峻吉、美貌の舞台俳優・舟木収、童貞の日本画家・山形夏雄ら、多彩な男女のたまり場となっていた。

4人の青年はそれぞれに成功を収める。夏雄は大きな賞を取り、清一郎は見込まれて副社長の娘と結婚、収はボディビルによって逞しい肉体美を手に入れ、プロに転向した峻吉はデビュー戦をKO勝ちで飾った。

やがて転落がやって来る。夏雄は世界崩壊の感覚に襲われ絵が描けなくなり、霊能者の許《もと》に出入りして衰弱する。収は母の借金のカタに高利貸の女の愛人になりついに心中、峻吉は全日本チャンピオンになった夜、諍いに巻き込まれて選手生命を絶たれる。NY生活の孤独に耐えられなかった清一郎の妻は同じアパートの白人と過ちを犯す。

鏡子の資産も尽きて、夫の帰還を受け入れざるを得なくなった。一時は命さえ危ぶまれたものの立ち直った夏雄は、さま変わりした「鏡子の家」を訪ね、メキシコへの留学を告げる。鏡子は夏雄の最初の女になった。2日後、犬狂いの夫が7疋の大型犬を連れて帰ってくる。〈あたりは犬の咆哮にとどろき、ひろい客間はたちまち犬の匂いに充たされた〉

illustration: Kyoko Tange

的に生きる人物たちです。この4人が、30代の三島の認識・行動・自意識・感受性の各面を擬人化した存在であることも、つとに指摘されてきました。

　一時の成功ののち、若者たちには悲惨な運命が待ち受けています。新婚の清一郎は赴任したアメリカで妻を寝取られるし、峻吉はチンピラとのいざこざで拳をつぶされ、右翼活動家に転身する。役らしい役がつかないままくすぶっていた収は、中年の女高利貸の愛人となり、マゾヒズムに目覚めて心中します。夏雄もスランプに陥って一時は神秘主義に逃げ込みますが、やがて世界との和解を果たす。つまり夏雄だけには希望が残されていて、三島はやはり夏雄のような芸術家として戦後社会を生きてゆきたかったし、その可能性をかなり真剣に信じようとしていたんだと思います。ところが、まさにその芸術家としての実践であった「鏡子の家」に対する文壇の評価は冷ややかなものでした。それで三島は非常に傷ついてしまう。

ニッチの季節

三島は8歳から12歳まで、信濃町に住んでいました。鏡子の家があるのは信濃町駅のすぐ近くの高台という設定ですから、個人的な思い入れの強い場所が舞台に選ばれていることがわかります。小説のスタイルとしては、4人の若者の関係がバラバラのままで、彼らの間でドラマが起こらないのが特徴ですね。新潮文庫版の解説で、翻訳家の田中西二《せいじ》郎《ろう》が「メリ・ゴオ・ラウンド方式」と呼んでますけど、この小説では、社会的な棲み分けが守られているため、商社マンとボクサー、俳優と画家が喧嘩する理由がない。政治や宗教が絡むと、法律とか戒律とか、属性が異なる多様な人間が従わないといけない一つの価値観をめぐって意見が交わされるから、ボクサーと俳優の間にも対決が生まれるし、実際、日本もほどなく、60年安保闘争（昭和34〜35年）のような政治の季節に入ります。アメリカとの関係をどうするみたいな話になると、ボクサーはボクサー、俳優は俳優でいいじゃないかでは済まなくなる。「鏡子の家」はその直前の時期の、あくまで各自がニッチ（生態的地位のこと。「それぞれの生存に適した場所」という意味で島田雅彦さんが用いてますが）の中で生きてる世界なんです。

　ヒロインは、「鏡」子という名の通り、時代を写す鏡のような存在として想定されています。「豊饒の海」では唯識《ゆいしき》の思想が4部作全体の骨格を成り立たせる根拠となり、本多繁邦の視点を借りて、認識の主体としての我《が》、輪廻の主体としての阿頼耶識《あらやしき》などが検討されますが、鏡子的な在り方を、そういう方向へ発展してゆく萌芽的なものと考えると興味深い。小説の登場人物としては印象が薄いのは否めないものの、「天人五衰《てんにんごすい》」（豊饒の海・第4巻）で描かれた本多と久松慶子の関係にも通う、男女の不思議な友情のパートナーという、そこはかとない魅力があります。

「裸体と衣裳」は、昭和33年2月17日から翌34年6月29日までの公開日記の体裁を取った作品です。

僕が中学生の頃読んだ新潮文庫版のカヴァーには〈文壇の寵児の超人的生活の表と裏〉云々とありましたが、ほんとうに「文壇の寵児」という言葉がぴったりの毎日で、文壇はもちろん芸能界からボクシングの世界まで、いろんなジャンルの名士たちと多彩な交流をしています。「鏡子の家」で4人の青年に割り振られていたニッチを1人でめぐって、そのそれぞれに合わせた自分の顔があるという感じです。三島は豊かに「分人」◆註化していた人でした。

この間に三島は結婚し、あのヴィクトリア朝コロニアル様式の家を建て、最初の子供が生まれるなどプライヴェートでも充実期で、その様子も克明に書かれている。仕事ではまさに「鏡子の家」に取り組んでいるところ。この日記の三島は気力、体力ともに充実していて幸福感に溢れています。生きていてほんとうに楽しそうです。

「鏡子の家」は戦後社会を生きるためのシミュレーションだと述べましたが、「裸体と衣裳」は、実際の三島が戦後社会に適応しようと奮闘した日々の記録だと言えるでしょう。そうした時期が「金閣寺」執筆の頃から7、8年はあったのです。そしてもし、「鏡子の家」が成功していたら三島はこの方向性に充分な自信を持ち、尊敬する谷崎潤一郎のように長生きして、芸術的な成熟をめざすような生き方ができたかも知れない。のちに「楯の会」を結成する三島ですが、「鏡子の家」では、峻吉が右翼団体に入る場面がかなりアイロニカルに描かれていますし、三島としては本来、4人の中ではやはり夏雄になりたかったはず。逆に言えば、「鏡子の家」の不評が、三島にとっていかに重大なダメージだったかということです。

「裸体と衣裳」はまた読書日記でもあります。じつに多様な本を読んでいて、30代前半で文学のことがこんなにわかっているのか、と驚嘆させられます。1952年にノーベル文学賞を受けたフランソワ・モーリヤックというフランスの小説家がいます。すごい作家ですが日本ではもはやほとんど読まれてなく、僕が20年間文壇にいてモーリヤックの話をしたのはただの一度きりで、それは大江健三郎さんとでした。僕がモーリヤックを読んだきっかけは、彼の「仔羊」という作品についての、「裸体と衣裳」にある熱のこもった記述です。この本はブックガイドとしても最高だし、戦後の日記文学の傑作の一つだと思います。

◆註………平野氏が提唱する概念で、個人を対人関係ごとに分割した単位。「本当の自分」というものはなく、各人の個性は複数の分人の構成比率の違いによって生じるとされる。詳しくは、平野氏著『私とは何か――「個人」から「分人」へ』（2012年 講談社現代新書）参照。

ある〝分人〟の日記 6/15 works

「裸体と衣裳」

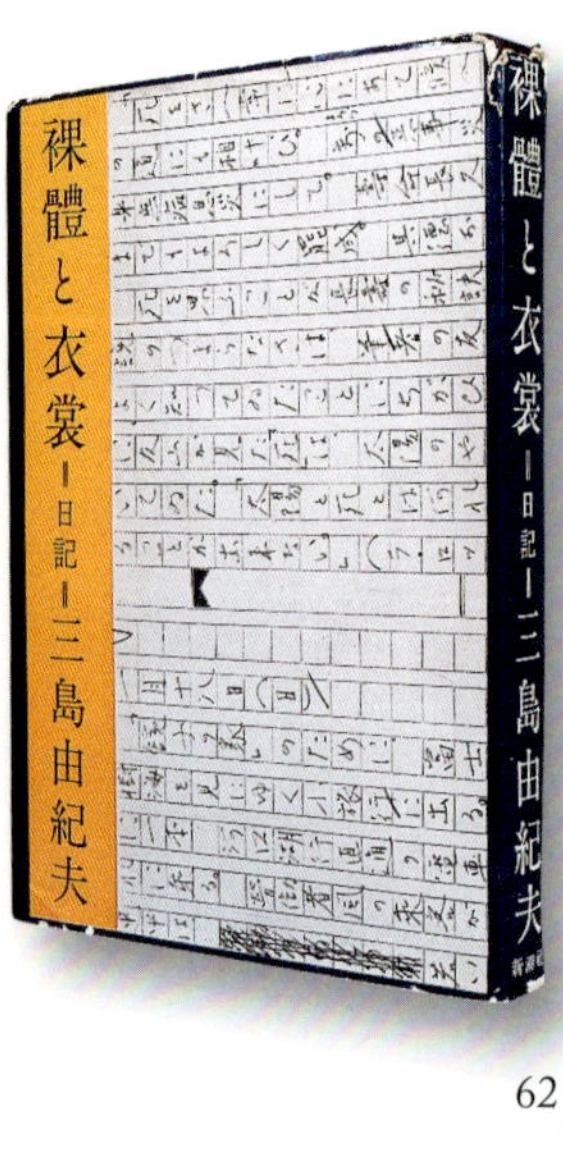

「新潮」に連載
『裸体と衣裳―日記』 昭和34年11月 新潮社
現在、『決定版 三島由紀夫全集 第30巻』に所収

左頁下／昭和33年5月、日光浴する三島。日光浴を楽しむようになったのは、昭和26年末からの最初の海外旅行以来のこと。すでにボディビルも始めており、肉のたるみはないが、まだ筋肉ムキムキにはなっていない。

「鹿鳴館」の再演は「裸体と衣裳」の記述が始まる1ヶ月前、昭和33年1月15日に千秋楽を迎え、三島は文学座の面々との打ち上げに参加している。これは打ち上げに流れる前、楽屋で談笑しているところ。撮影＝新潮社写真部（下も）

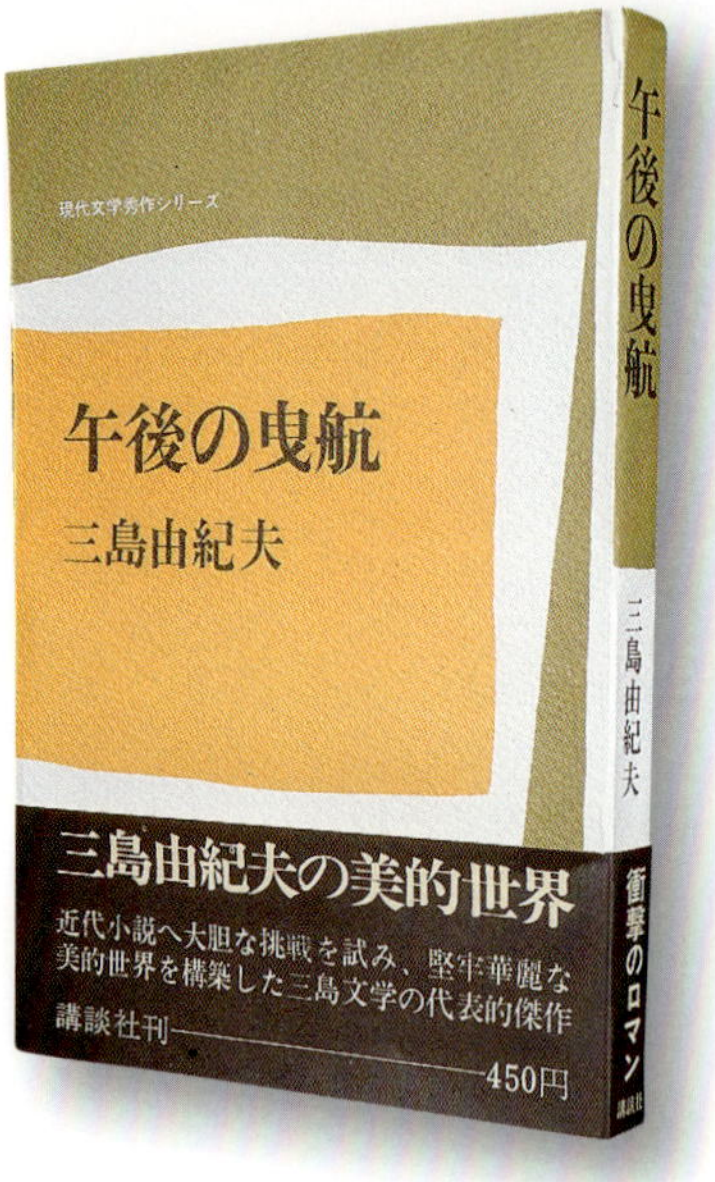

書き下ろし
『午後の曳航』 昭和38年9月　講談社
現在、新潮文庫

7/15 works

父親たちに、死を
「午後の曳航」

30代後半の三島は、ポジティヴに評すれば多様な作風を開花させたと言えるし、ネガティヴに見れば手探りのような状態です。「仮面の告白／禁色」、「金閣寺／鏡子の家」という、代表作からなる2つのセットをものしたあと、何をテーマにすべきか、模索の時期に入っていました。

この時期の主な長編小説は、「宴のあと」(昭和35年)、「獣の戯れ」(同36年)、「美しい星」(同37年)、「午後の曳航」(同38年)、「絹と明察」(同39年)など。アイディアはみな面白いですが、どこか集中力を欠いているところもある。もう2、3回、ゲラに手を入れればもっと良い作品になったのに、という感じがするんです。「絹と明察」は明らかにそうだし、傑作とされる「午後の曳航」でさえ会話の部分などやや弛緩した印象を受けます。とはいえこれはやはり重要な作品。少年が母親のセックスをのぞき見するという着想も異例ですが彼の本質に触れるようなところがあるし(「豊饒の海」の項、参照)、三島がいつから死ぬことを考え始めたかの手がかりも与えてくれます。

英雄的な青年が結婚して日常的な生活

あらすじ

輸入洋品店を営む母の房子と横浜山手の洋風の家で暮らす登は、自室の大抽斗《おおひきだし》を抜き出した奥の壁にのぞき穴があるのを発見した。登はそこから母の寝室をのぞくようになる。

ある夏の夜、のぞき穴に眼をこらすとそこには二等航海士・竜二の姿があった。母と竜二は長い接吻ののち服を脱ぐ。港から汽笛が聞こえ、竜二が振り向くさまを見た登は感動し、〈奇蹟の瞬間〉に立ち会う思いがした。前日、房子は船好きの登を連れて貨物船の見学に行き、竜二と知り合ったのだった。

登は〈ふしぎな獣みたいな〉竜二を英雄視し、少年グループの仲間に自慢する。グループの〈首領〉はそれを嘲笑して世界の虚無を説き、凡庸な日常を生きる父親たちを呪う。彼らは猫を殺し、屍体を解剖した。

かつて海の〈栄光〉や〈大義〉を信じていた竜二も、今は海での生活に飽き果てていた。竜二は最後の航海を終えて船を降り、房子と結婚することになった。英雄だった竜二が父親になろうとしていることを知った登は失望し、その裏切りを仲間に告発する。

首領は〈そいつをもう一度英雄にしてやれる方法〉として、竜二の処刑を提案する。登は友人たちに航海の話をしてほしいと竜二に頼み、海を見下ろす山の上の隠れ場所へ案内する。少年たちは紅茶に睡眠薬を混ぜ、メスや麻縄、ゴム手袋を隠し持っていた。

illustration: Kyoko Tange

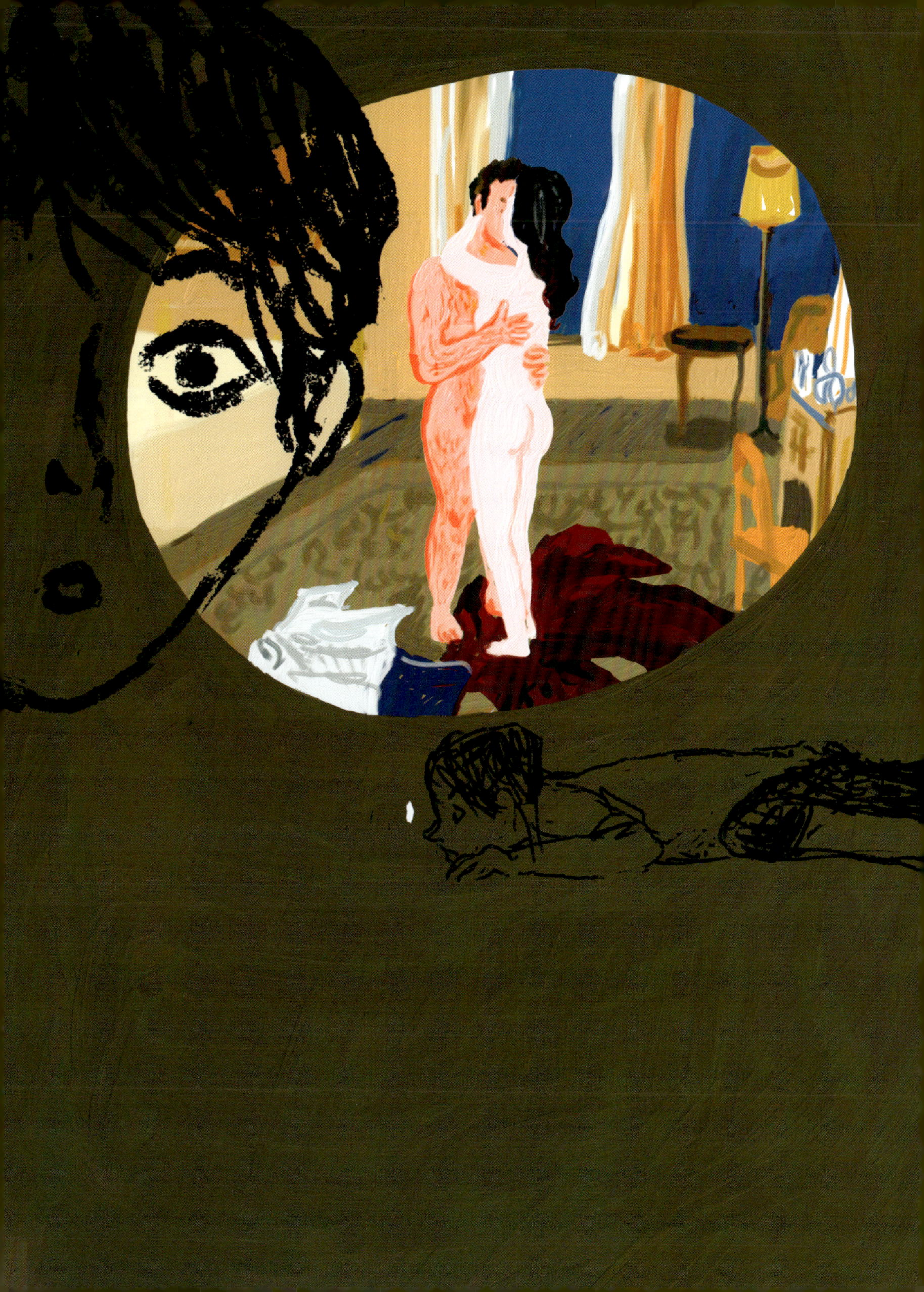

を送ろうとする。それに失望した少年たちが共謀して青年を殺してしまう――「午後の曳航」のモティーフには、「裸体と衣裳」に書かれていたような、戦後の日常を生きようとしている自分に満足しきれない内的な葛藤が露呈していると考えられます。

三島にとっての少年的なものとは戦争体験であり、人間が生きるか死ぬかの極限状態。それを知る三島には、経済成長を謳歌する平和な世界で一市民として生きることではどうしても埋められないものがあった。生きている強い実感が欲しい、それが得られるような生き方をしなくてはならない。そんな思いが最終的にあの最期をもたらしますが、一方で「午後の曳航」のラスト、少年たちにおびき出された青年が横浜港のはずれの山に登って行く場面を読むと、死にたくない、生きていたいという生々しい不安も伝わってくる。三島の中にあった、死にたい気持ちと死にたくない気持ちのせめぎ合いが反映しているように見えます。この小説を書いた38歳頃には、三島はある程度具体的に死ぬことを意識し始めていて、でもそれはまだ怖いとも思っていた、そんなふうに想像します。

三島を精神的に追い詰める原因としては他に、石原慎太郎や大江健三郎ら若手の突き上げも考えられます。特に大江さんは、「芽むしり仔撃ち」(昭和33年)、「われらの時代」(同34年)、「個人的な体験」(同39年)といった傑作を矢継ぎ早に発表していました。僕は三島びいきですが、その僕から見てもこれら大江さんの初期作品は同じ時期の三島作品より時に過激だし、しばしば凌駕している。三島自身、大江さんのことを高く評価しており、相当なプレッシャーだったでしょう。

昭和43年に、川端康成ではなく三島がノーベル賞を受賞していれば、三島は自決しなくて済んだのではないかという人がいます。でも僕は昭和43年の受賞では遅すぎると思う。すでに「楯の会」結成への流れが出来ていたし、ノーベル賞作家が同じことをすれば衝撃がより大きいわけですから歯止めにはならなかったでしょう。しかし、その5年前、昭和38年に候補になった時点で受賞していれば大きな自信になったでしょうし、ひょっとしたら、違った未来があったかもしれません。

ちなみに昭和30年代の段階では、三島の中で、天皇はまだ前景化していません。昭和36年の短編「憂国」は、二・二六事件を背景にした青年将校の切腹という描かれた事件からすると昭和40年代の「英霊の声」に繋がって見えますが、天皇との一体化が目指されているのではなく、状況的に追い詰められての切腹で、しかも非常に三島的にエロティックに描写されています。やはり30代の作品群に収めるべきではないでしょうか。

不在の怪物をめぐる女だけの論争劇

8/15 works

「サド侯爵夫人」

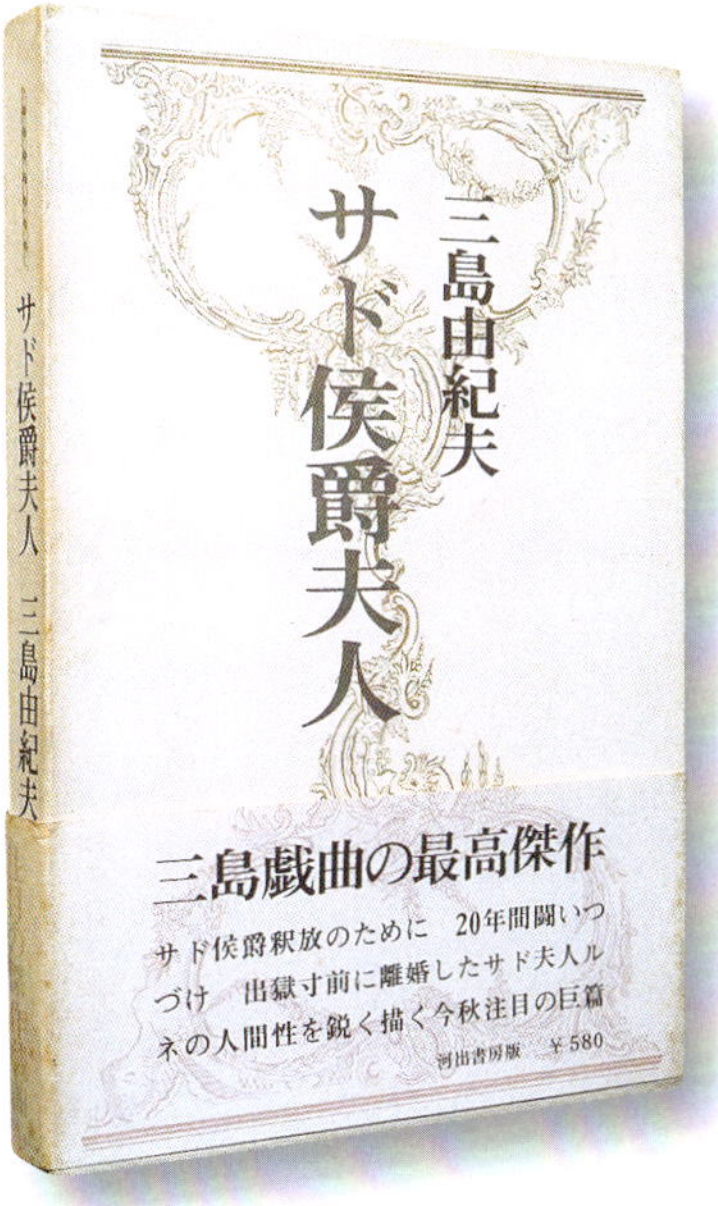

初出「文芸」昭和40年11月号
『サド侯爵夫人』　昭和40年11月　河出書房新社
現在、新潮文庫
『サド侯爵夫人・わが友ヒットラー』に所収

上／「Madame de Sade」の舞台風景。2009年3月、ロンドンのウィンダムズ・シアターにて。右からサド侯爵夫人（ロザムンド・パイク）、シミアーヌ男爵夫人（デボラ・フィンドレイ）、モントルイユ夫人（ジュディ・デンチ）、サン・フォン伯爵夫人（フランシス・バーバー）。演出はマイケル・グランデージ。脚本はドナルド・キーンの訳。 photo: Alastair Muir / Shutterstock

あらすじ

第1幕　サド侯爵夫人ルネの母モントルイユ夫人は、娼婦虐待事件を起こした娘婿（＝サド侯爵）の無罪獲得工作のため、敬虔なキリスト者のシミアーヌ男爵夫人と性的放縦で悪名高いサン・フォン伯爵夫人を招く。母は娘に離別を勧めるが娘は拒み、夫が〈悪徳の怪物〉なら自分は〈貞淑の怪物〉になると宣言。ルネの妹アンヌがイタリアから帰り、その旅が侯爵との逃避行だったと知った母は激怒するのだった。

第2幕　前幕から6年後。5年前、ルネは夫の脱獄を成功させたが、侯爵は昨年、母の葬儀のためパリに出て逮捕された。ルネの運動で罰金刑の判決が下りて侯爵は釈放されたものの、モントルイユ夫人の手回しで、すかさず再逮捕。一連の経緯を知ったルネは母と対決し、互いを罵り合う。

第3幕　前幕から12年後。大革命が勃発し、侯爵の出獄も近い。アンヌが国外亡命をもちかけるが、モントルイユ夫人は断る。獄中の夫につくし続けてきたルネは、夫が自由の身になろうという今になって修道院入りを決意。理由を問う母に娘は、侯爵が獄中で書いた小説を読み、〈天国への裏階段をつけた〉夫はもう自分には手の届かない存在になったと述べる。侯爵の帰還が告げられるとルネは家政婦に言う。

「お帰ししておくれ。そうして、こう申上げて。『侯爵夫人はもう決してお目にかかることはありますまい』と」

三島の小説よりも戯曲の方がすぐれていると言う人が時々います。三島の小説が全て滅んでも演劇は残る、とか。だけど僕はそれは賛同できないです。三島はお芝居好きで、戯曲もたくさん書いているものの、小説に匹敵する傑作が多いかというと疑問です。「近代能楽集」は残るかも知れないけどものによるでしょう。その中でもやはり、「サド侯爵夫人」と「わが友ヒットラー」

サド侯爵（1740〜1814）は、虐待と乱行のかどで、牢獄や精神病院に長期にわたって入れられた。『ソドム百二十日』など、侯爵が獄中でものした一連の長大な小説は、やがてシュルレアリストたちによって高く評価されることになる。こちらの肖像画は1760年頃、つまり侯爵20歳前後のもので、未来のそんな悲惨も栄光も知らぬげにひたすらみずみずしい。

は傑作だと思います。

三島は戦後の日本社会に違和を抱え続け、その相対化の視点から、ジョルジュ・バタイユや澁澤龍彦の影響を受けてカトリシズムに関心を持ち、サドを発見するんですね。そこから、神に対する侵犯行為を通じて絶対者と接続するという発想を得る。インタヴュー「三島由紀夫最後の言葉」でも、〈もし神がなかったら、神を復活させなければならない。神の復活がなかったら、エロティシズムは成就しない〉と発言しています。

この考え方には、しかし、かなり無理があります。だいたいサドは無神論者だし、サドの行為は当時の社会において、あくまで世俗的なスキャンダルでした。SM行為を通じて絶対者に触れてどうこうという話では全くなく、「サド侯爵夫人」にしてもそのような論理展開になっていない。だけどともかく、40代の三島はサドに触発されて得た思考の枠組みを自分の天皇制神学に生かそうとして、さまざまな試行を重ねます。

「サド侯爵夫人」は澁澤の著書『サド侯爵の生涯』（昭和39年）に依拠して書かれました。発表当時から評価は高く、日本でも海外でも上演され続けています。ただ、演出はすごく難しい。サド侯爵本人は舞台には登場せず、侯爵夫人のルネをはじめとする周囲の女性たちの会話の中でその姿が語られてゆくんですが、回想シーンが長いんですよね。本で読むぶんには小説と同じで難なく情景が浮かぶんですけど、実際の舞台では俳優の存在感が強調されればされるほど、サドが過去に何をしたという話を聞かされても、俳優の身体が邪魔をして、なかなかサドのイメージが結ばない。

セリフが高度に抽象的で論理的なため、俳優がなかなか内容を理解できないのも問題です。それでも盛り上げないといけないし、理解できないことを喋らされる不安のために、必ず怒鳴り芝居になる。何度も舞台を見ましたがいつもそうでした。それではセリフのニュアンスが台なしです。ほんとうはロココ文化の、フラゴナールの絵の世界のような雰囲気で、悪徳についての議論が交わされるところにコントラストがあるのに。人の動きが考慮されていない、三島の書き方にも原因があるのでしょう。対になるよう書かれた「わが友ヒットラー」の方が演劇性はより強く、実際の上演台本としてはまさっていると思います。

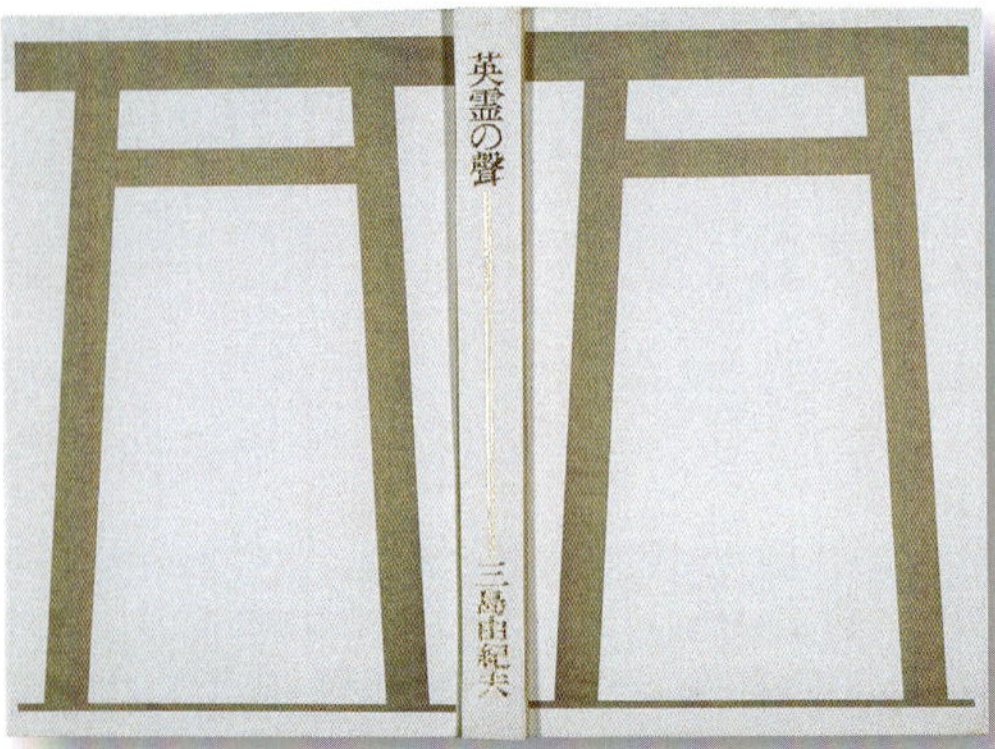

響きわたる恨みの歌

「英霊の声」

9/15 works

初出「文芸」昭和41年6月号
『英霊の声』 昭和41年6月　河出書房新社
現在、河出文庫『英霊の聲　オリジナル版』、
新潮文庫『手長姫　英霊の声―1938-1966―』に所収

illustration: Takayuki Ino

あらすじ

暖かい南風が吹く3月の夜、私は木村先生が主宰する帰神《かむがかり》の会に列席する。先生が石笛《いわぶえ》を吹き鳴らすと、憑代《よりしろ》である川崎重男君の顔つきが変わり、手拍子をとりながら歌い始めた。それは〈一人の声ではなく、大ぜいの唱和する声〉で、〈日の本のやまとの国〉の空疎な繁栄を痛罵する歌であった。

木村先生が審神者《さにわ》として問いかけると、神霊は自らが二・二六事件で刑死した青年将校たちの荒魂《あらみたま》であり、月の海上で神遊びしていることを明かす。彼らは天皇に対する自らの恋と、それが裏切られた恨みを述べる。

直会《なおらい》に移ろうとした時、木村先生が眩暈を起こす。正気に戻ると、海上で胸を血で染めた青年将校の一団（＝兄神）と出会い、沖から血染めのマフラーをした飛行兵たち（＝弟神）が近づくのを見たと語る。こんどは特攻隊の勇士の荒魂が川崎君に憑依し、天皇を思いつつ励んだ訓練と、出撃して敵艦に命中するまでのことを語る。にわかに声音が変わり、自分たちが〈曙光でありたいと冀《こいねが》い〉ながら〈不吉な終末の神〉になってしまったことを嘆きつつ、天皇の人間宣言を糾弾した。

やがて声が途切れ、ついで兄神弟神の大合唱となった。〈などてすめろぎは人間《ひと》となりたまいし〉という畳句が果てしなく繰り返され、声が絶え絶えとなった時、川崎君は〈仰向けに倒れ〉た。川崎君は死んでいた。

戦争で天皇が、国民と一緒に死ぬことはなく、戦後、天皇と国民はばらばらになった。それを確認し、ニヒリズムの社会で生きることを受け入れたのが「金閣寺」「鏡子の家」以降の三島の歩みでした。ところが三島にはだんだん違和感が募ってくる。戦災からの復興が一段落し、経済が高度成長に向かう中、象徴天皇制のもとで、どうも天皇と国民の一体性みたいなものが回復してきている。本来、天皇との一体化とは、死を媒介に、敵艦へ特攻するようなかたちでこそ夢見られていたはずだと彼は考えます。それなのに戦後のつまらない平和な日本、この誤った世の中で、「週刊誌天皇制」が国民との一体化を実現している状況は許せない、そういう違和感です。

荒魂《あらみたま》たちの神遊び

三島には「天皇論」と銘打った文章はないものの、昭和43年発表の「文化防衛論」など、昭和40年代に入るとさまざまなかたちで天皇への言及が増えてくる。「文化防衛論」の2年前に書かれた短編小説「英霊の声」はその早い例です。舞台は〈浅春のある一夕〉、〈私〉が列席した〈帰神《かむがかり》の会〉。憑代《よりしろ》である盲目の青年〈川崎君〉に憑依した神霊の言葉や、会の主宰者であり審神者《さにわ》である〈木村先生〉が幻視した出来事を、できるかぎり忠実に記録したものであると冒頭に断ってあります。

前半は二・二六事件で蹶起して処刑された青年将校たちの荒魂が、後半は〈比島のさる湾《いりうみ》〉にいた〈敵の機動部隊〉に突入して〈空母一、巡洋艦一、轟沈の戦果をあげた〉特攻隊員の荒魂が語り、また歌います。内容をひとことで言えば昭和天皇批判。この小説は作中でなんども繰り返される、

などてすめろぎは人間《ひと》となりたまいし

という呪詛するような畳句で有名です。小説前半では、天皇は神として青年将校たちの蹶起を嘉納すべきであったのに、股肱《ここう》の重臣たちを殺した暴力を人として憎み、〈赤誠の士〉を〈叛徒〉として処刑してしまったことが非難されます。嘉納された後で自決を命じられるなら、それはむしろ望むところだったのですが。

後半で怒りをぶつけられるのは、昭和21年の「人間宣言」です。〈われらが神なる天皇のために、身を弾丸となして敵艦に命中させた、そのわずか一年あと〉になされた裏切りにより、〈われらの死の不滅は潰《けが》された〉というのです。最後は兄神たち（＝青年将校）と弟神たち（＝特攻隊員）が一緒になって川崎君の口を借りた大合唱となる。川崎君はついに力つきて死んでしまいます。

盲目の青年は死んでいた。

死んでいたことだけが、私どもをおどろかせたのではない。その死顔が、川崎君の顔ではない、何者とも知れぬと云おうか、何者かのあいまいな顔に変容しているのを見て、慄然としたのである。

この小説のラストで、青年の顔がいったい誰の顔に変容したのか、長い間、議論があって、「創作ノート」では、「天皇の化身」とされていますが、〈あいまいな顔〉という言い方をすることで三島は、天皇と戦後社会的なものとの一体化を暗示しているんだろうと僕は思います。自決の4ヶ月前に新聞（「サンケイ」昭和45年

7月7日夕刊）に出たエッセイに、〈このまま行ったら「日本」はなくなって（中略）その代わりに、無機的な、からっぽな、ニュートラルな、中間色の、富裕な、抜目がない、或る経済的大国が極東の一角に残るのであろう〉という、よく引用される一節がありますが、「あいまいな」という形容は、ここに出てくる「ニュートラルな」や「中間色の」と同様に、三島が戦後社会を批判する場合に使う言葉です。

浮かれる日本への痛撃

昭和30年代後半の小説がアイディア豊富なわりにやや集中力を欠いていたのに比べて、「英霊の声」は書きたくて書いた筆の力が蘇っている感じがします。特に後半、訓練の日々を終えた特攻隊員たちがいよいよ出撃し、敵空母に体当たりするまでの描写のみごとさは、美しさといい、緊迫感といい、悲痛さといい、ちょっと比類のないものです。しかしだからこそ、特攻隊のそのような神聖化は、政治的には問題です。三島文学に強い影響を受けながら、政治思想的に対立する僕が批判的に読む箇所です。

インテリの大半は左翼という時代でしたし、2年前には東京オリンピックが開催され、4年後には大阪万博が開催されるという、そうとう浮かれた社会状況の中で、この小説は強烈な反動だったと思います。いろいろ疑問を感じる点もあります。二・二六事件が鎮圧されたことで〈わが皇国の大義は崩れた〉と青年将校たちの神霊は言います。〈赤誠の士が叛徒となりし日、漢意《からごころ》のナチスかぶれの軍閥は、さえぎるもののない戦争への道をひらいた〉。つまり政治が間違っていたため日中戦争・日米戦争となり、その果てに特攻隊が生まれるわけですが、特攻隊員の神霊たちは、自分たちは堕落した政治の犠牲になって死んだという認識には決して立たない。三島は、彼らはあくまで主体的に決断して死んでいったのだと、特攻を美化します。

その背後には、三島のいわば太平洋戦争史観があるでしょう。アメリカとの戦争での敗北による被害者意識が強すぎて、真珠湾攻撃以前の日中戦争が意識の中に存在しない。当然、帝国主義の加害者としての認識にも立たない。そして被害者意識の中で特攻隊を美化してしまう。これは、彼に限ったことではなく、今日の日本でも蔓延している問題であるわけですが。

サバイバーズ・ギルトの側面もあるでしょう。戦争や大災害から生還した人が、死者に対して感じる心理的な負い目のことですが、自分は大江さんのような〝遅れてきた青年〟ではなく、間に合っていたにもかかわらず戦地に行くことがなく、生き残ってしまったという意識を三島は持っていた。「英霊の声」はそうした点も含めて、特に三島の思想を批評的に検討する上では必ず読むべき作品だと思います。大きな転換点ですね。

三島は三人称の長編小説は必ずしもうまくはなかったのではないかと僕は思います。「仮面の告白」と「金閣寺」がとびぬけていいのは一人称だからだし、最後まで一人称で書いているものは素晴らしいんですよね、エッセイとか。三島は、自分のことを書いている時にやはり最も冴えていた作家のような気がします。

「太陽と鉄」もまさにそうですね。冒頭で、〈小説という客観的芸術ジャンルでは表現しにくいもののもろもろの堆積〉を感じるようになったこと、そして〈このような表白に適したジャンルを模索し、告白と批評との中間形態、いわば「秘められた批評」とでもいうべき、微妙なあいまいな領域を発見した〉ことを述べています。

内容的には、元来、言葉の人であった三島が自分の肉体を発見してゆくプロセスをたどったものですが、同じ時期に書いていた「豊饒の海」と比べても、文体の密度の点ではちょっと比較にならない、異様な迫力があります。

三島は「美しい星」的な、自分は異星人じゃないかというような、強い疎外感を抱いた孤独な人でした（「美しい星」では、自分は宇宙人だという意識にめざめた登場人物たちが、人類を救うか滅ぼすかで激論を交わします）。そのもともと孤独な三島が、この時期にはいよいよ、戦後社会への適応の努力を放棄する。大江さんのように政治的に戦後民主主義にコミットする代わりに、三島がやったのは、資本主義化された大衆消費社会にコミットすることでした。それが彼をメディアの寵児にしましたが、途中から嫌気がさしてたんじゃないでしょうか。そういう状況を背景に、「太陽と鉄」では、身体感覚を通じての他者との共感が追求されてゆく。

たとえばお神輿のエピソード。幼い三島は、神輿の担ぎ手たちが、〈いうにいわれぬ放恣な表情〉で神輿を練り回すさまを見て、〈かれらの目に映っているものが何だろうかという謎〉にとりつかれます。青年期になって〈肉体の言葉〉を学びだした（具体的には日光浴とボディビルを始めた）三島は、実際にお神輿担ぎに参加し、その謎を解明します。〈彼らはただ空を見ていた〉のですが、それを知ったことは〈いかにも重要な体験〉だったと三島は言います。

なぜならそのとき、私は自分の詩

言葉と肉体のフーガ

10/15 works

「太陽と鉄」

「批評」に連載、
単行本収録時に付されたエピローグは「文芸」初出
『太陽と鉄』　昭和43年10月　講談社
現在、中公文庫『太陽と鉄・私の遍歴時代』、
講談社文庫『告白　三島由紀夫未公開インタビュー』に所収

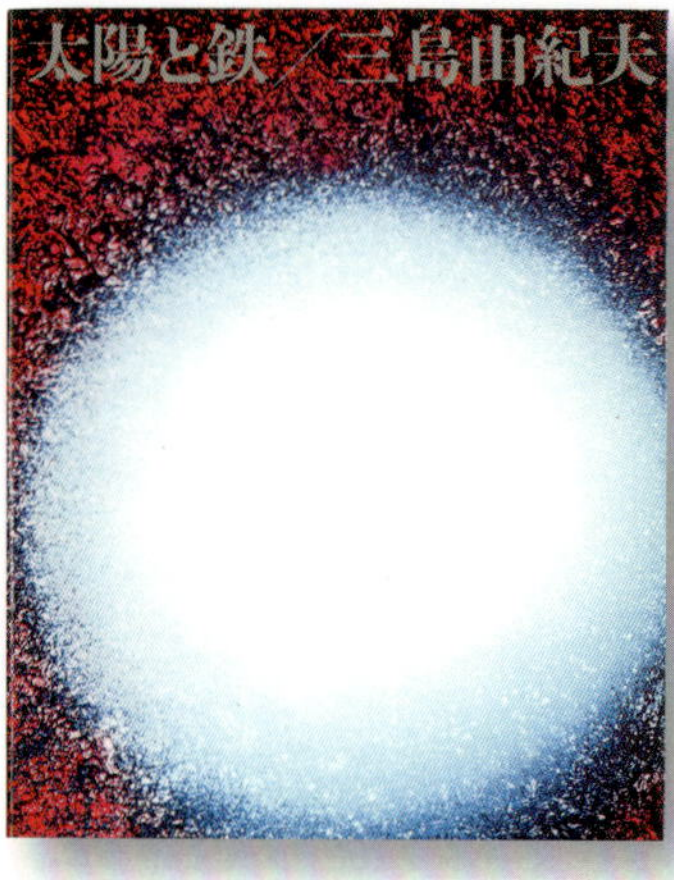

この写真は昭和42年に撮影された。三島がボディビルを始めてからすでに10年以上が経つ。「太陽と鉄」にはこうある——〈自意識が発見する滑稽さを粉砕するには、肉体の説得力があれば十分なのだ。すぐれた肉体には悲壮なものはあるが、みじんも滑稽なものはないからである。しかし肉体を終局的に滑稽さから救うものこそ、健全強壮な肉体における死の要素であり、肉体の気品はそれによって支えられねばならなかった〉。 撮影＝新潮社写真部

上／三島は昭和42年4月から1ヶ月半、陸上自衛隊幹部候補生学校、同富士学校で訓練を受けたのを皮切りに、自衛隊への体験入隊を繰り返した。この写真は昭和43年の撮影。

下／昭和42年12月5日には、航空自衛隊百里基地でF104戦闘機に試乗。『太陽と鉄』巻末に収められた詩「イカロス」は、その体験に基づいたもののように読めるが、実は9ヶ月前の同年3月に想像で書かれたものだった！　撮影＝松村恒次／週刊プレイボーイ

的直観によって眺めた青空と、平凡な巷の若者の目に映った青空との、同一性を疑う余地のない地点に立っていたからである。（中略）私の見たものは、決して個人的な幻覚でなく、或る明確な集団的視覚の一片でなければならない。

三島は、少しあとに書かれた「文化防衛論」では、日本人全体を天皇と接続させようとして論を立てるのですが、「太陽と鉄」では、身体の受苦を通じて繋がる〈戦士共同体〉が夢見られています。すごく参加者の限られた共同体のイメージですね。ちなみに、「太陽と鉄」には天皇への言及はありません。「太陽と鉄」における絶対的なものは天皇ではなくて死。死に向かってゆくことが自明視されている。「太陽と鉄」は、「批評」誌に昭和40年11月から昭和43年6月にかけて連載されましたが、特に後半になると死の想念はいよいよ強くなる。

この時期、ボディビルでは相変わらずのハードトレーニングを続けていたようですし、空手もやれば剣道もやっていて、「太陽と鉄」にも書かれているように自衛隊への体験入隊を繰り返しています。一方で執筆量も落ちないので、もうほとんど寝てないんじゃないかと思うほど。ワーカーホリックだったのは間違いないですね。三島はおそらく40代に入った時点で、45歳で死ぬことを目安にしていたんではないでしょうか。三島の小説では、男女を問わず老人は徹底的に戯画化されて描かれています。彼には、50歳という〝老齢〟を受け入れることは、到底できなかったのでしょう。

「週刊プレイボーイ」に連載
『命売ります』 昭和43年12月 集英社
現在、ちくま文庫

11/15 works

疾走するエンタメ小説

「命売ります」

三島由紀夫は純文学作品の他に、いわゆるエンタメ小説もたくさん書いています。ここではその中から、昭和43年に「週刊プレイボーイ」に連載された「命売ります」を挙げてみました。

連載を始めるにあたっての「作者のことば」で三島は、〈今風の言葉だと、サイケデリック冒険小説〉みたいなものを書こうと思っていると述べていますが、すごく面白いし、当時はともかく、現在だとこれだって純文学作品と言って別におかしくない。高橋源一郎さんや島田雅彦さんなどのポストモダン文学の一種の先駆けみたいなところもあるし、島田さんは現に「命売ります」をベースにして

あらすじ

27歳のコピー・ライター山田羽仁《はに》男《お》は、睡眠薬自殺を図るが失敗。すると羽仁男の前には、〈何だかカラッポな、すばらしい自由な世界〉が開けた。羽仁男は〈三流新聞の求職欄〉に〈命売ります〉の広告を出す。

老人がやって来て、三国人の愛人になった50歳年下の妻るり子の間男になるよう依頼する。るり子ともども、三国人に殺される可能性が高いとの話だった。三国人は秘密組織ACS（アジア・コンフィデンシャル・サーヴィス）の一員らしい。るり子との同衾中に三国人が現われるが、羽仁男は無事帰される。しかし翌日、るり子の死体が隅田川に上がった。

続いて図書館の女司書や、吸血鬼である母親の愛人になってくれという井上薫少年などの依頼があった。いずれも女は死に、羽仁男は生き残った。A国大使の依頼をみごとに解決し、多額の報酬を得た羽仁男は、引っ越し先を探しにやってきた不動産屋で玲子と出会う。しばし新婚夫婦のような暮らしを楽しむが、やがて妄想癖のある玲子に毒殺されそうになって逃げ出す。

玲子からの逃走劇はそのままACSからの逃走劇となった。彼らは羽仁男がおとり捜査官だと思い込んでいた。危機一髪のところを脱出した羽仁男は警察署で事情を訴えたが、信じてもらえず追い返される。羽仁男は涙のにじむ眼で星空を見上げた。

1ページ マンガ版「命売ります」

Ino Takayuki

『自由死刑』（1999年）という作品を書いています。

「命売ります」は話のテンポがいいですよね。冒頭、主人公がスナックの床に落とした新聞を拾おうとしたら新聞の上にゴキブリがいて、手をのばすと同時にそれが逃げ出す。それからまた新聞を読み始める。〈すると読もうとする活字がみんなゴキブリになってしまう。読もうとすると、その活字が、いやにテラテラした赤黒い背中を見せて逃げてしまう〉――このあたりのイメージもやっぱり凡百のエンタメ小説とは違うし、変な人が次から次へと出てきて愉快です。

死というテーマは、創作の中では重くも軽くも扱えるもので、この作品ではそれをいかにも軽く扱っています。こうした系統の三島作品がもっと評価されていいと僕は思いますが、しかしじゃあ作家自身、これだけ書いていれば満足できたかと言えば、やはりそれはそうではなかった。この作品を連載した時にも、並行して「豊饒の海」を書いていたのであって、「命売ります」のようなものはやはり余技的な位置づけだったのでしょう。

ダンディ日本一に

「命売ります」の連載の場が「週刊プレイボーイ」だったことにも注意しておいていいかも知れません。椎根和《しいねやまと》『平凡パンチの三島由紀夫』（2007年）という本もあるように、若者あるいは女性向けの雑誌メディアにも三島はしばしば登場し、執筆にも積極的でした。昭和42年に「平凡パンチ」で行われた「オール日本ミスター・ダンディはだれか？」という読者投票によるアンケートでは、なんと三島が第1位に選ばれています。ちなみに第2位は三船敏郎、第3位は伊丹十三、第4位は石原慎太郎で、以下、加山雄三、石原裕次郎……と続いています。

三島はどこまでも若さに価値を置いていた人です。しかし、純文学の世界では、石原慎太郎や大江健三郎のような後続世代が若者たちの桁違いの支持を集めるようになっていて、自分と若い読者との間に距離が生じてしまっていることを気にしていました。ですから若者向けメディアで取り上げられることは端的に嬉しかったに違いありません。

三島が読者投票でダンディ日本一に選ばれた特集記事が載ったのは、こちら「平凡パンチ」昭和42年5月8日号。表紙絵はまだ20代の大橋歩が描いている。

対談 vs 安部公房

「二十世紀の文学」

12/15 works

三島はいわゆる座談の名手タイプで話上手。対談もたくさん残しています。決定版全集では2巻分が対談に充てられていて、未収録のものもまだまだあるようです。

どれを読んでも面白いですけど、中村光夫との2本（「廃墟の誘惑」「人間と文学」）などはとりわけ充実しています。また、ここでご紹介する「二十世紀の文学」をテーマに掲げた安部公房との対談は、やっぱり当時は日本の戦後文学史の良い時代だったんだなと思わせるものですよね。世界クラスの作家が向き合っていて、2人の価値観は嚙み合わないし、20世紀文学についてそれぞれが抱いているイメージも違うけれど、丁々発止ですごく盛り上がっています。

三島は安部公房のことはかなり意識していました。安部の抽象主義、国際主義に対して、自分は日本の作家として日本を描いていくしかないという意味の発言をしています。ほぼ同齢の安部公房（安部の方が1つ年上）とおよそひと回り下の大江健三郎（昭和10年生れ）——この2人は三島が自分はどういう作家なのかを考える際の参照先として、同時代の作家の中でも格別に重視していた存在でした。

対談では他に、珍しいものとして、学習院時代の先輩の徳大寺公英《きんひで》とのもの（昭和44年11月）が印象に残っています。「青春を語る」というタイトルで、全集の第41巻にCDで収録されています。徳大寺は美術評論家で、戦時下のあの時代は、学習院が一番リベラルな学校だったとか、ちょっと意外な面白い話がたくさん出てくる。学習院は宮内省の外局で、文部省の管轄ではなかったんですね。校長が親英米派（条約派）の予備役の海軍大将で、喋っていてもやたら英単語まじりになるような人だったそうです。生徒のほとんどが皇族・華族の子弟だから、配属将校も強く出られない。そうした環境も三島の思想形成に関係しているのでしょう。

初出「文芸」昭和41年2月号
現在、『決定版　三島由紀夫全集第39巻』に所収

13/15 works

読みの極北と書くことの困難

「小説とは何か」

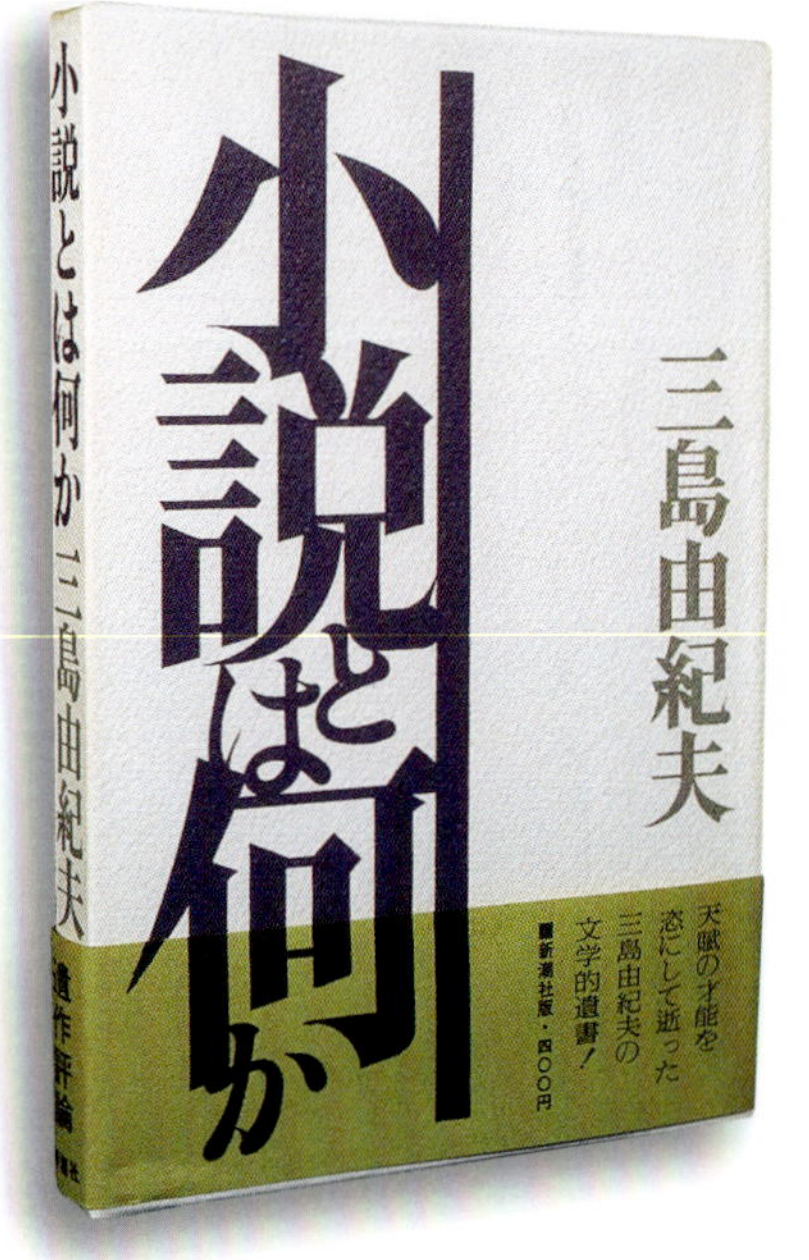

「波」に連載
『小説とは何か』 昭和47年3月 新潮社
現在、『決定版 三島由紀夫全集 第34巻』に所収

「小説とは何か」は、昭和43年5月から昭和45年11月まで「波」誌に連載され、没後の昭和47年に単行本が出ました。最晩年のエッセイということになりますが、ここには初期の三島の中にあった豊かさがそのまま保たれています。小説原論的な部分もあれば、日本のもの（稲垣足穂、吉田知子、沼正三など）から海外の翻訳もの（ジョルジュ・バタイユ、アーサー・クラーク、ジュリアン・グラックなど）まで同時代の作家たちの作品もたくさん読んでいますけど、読解の態度はとても柔軟で、「裸体と衣裳」の頃の三島を思い出させます。ものすごく多忙だったはずですが、感心するほど、よく読んでるんですね、他人の本を。ユニークな論点をいっぱい指摘していて、三島の天才的なところが遺憾なく発揮されている。

〈文化概念としての天皇〉を主張する「文化防衛論」みたいな方向性で日本を純化してゆけば、思想的にはどんどん痩せ細ってゆかざるを得ませんが、このエッセイを読めば、三島本来の豊かな感性・思索がじつは最後の時期まで続いていたことがわかる。僕が好きだった三島はこっちなんです。

一方で、同時期に書いていた「豊饒の海」のことを考えると、また別の思いもわいてくる。作家にとって一番怖ろしいのは、文学については、いよいよよくわかるようになっていながら、作品がその反映とはならないこと。勉強しない人はそれはそれで確実に行き詰まりますが、勉強もよくしていて理解は深まっているのに、だからこそかえって書くことが困難になってゆくという難しさは、作家にあると思います。谷崎潤一郎が関西に移住したみたいに、何か思い切った工夫がないと乗り越えられないのかもしれない。

本書には「裸体と衣裳」のような日記的な要素はほとんどありませんが、例外的に〈つい数日前、私はここ五年ほど継続中の長篇「豊饒の海」の第三巻「暁の寺」を脱稿した〉との記述があります。その心境は〈実に実に実に不快だった〉とも。次はいよいよその「豊饒の海」についてお話しします。

illustration: Takayuki Ino

14
/15
works

遺された存在論的超大作「豊饒の海」

「新潮」に連載
『春の雪』 昭和44年1月 新潮社
『奔馬』 昭和44年2月 新潮社
『暁の寺』 昭和45年7月 新潮社
『天人五衰』 昭和46年2月 新潮社
現在、新潮文庫

30代後半の模索の時期、三島はいずれ、何らかの世界解釈を示す超大作を書きたいと考えていました。最終的に実現したのが40代の5年間を費やした、全4巻からなる「豊饒《ほうじょう》の海」。第1巻の主人公・松枝清顕《まつがえきよあき》が巻を追うごとに、飯沼勲《いいぬまいさお》、月光姫《ジン・ジャン》、安永透《やすながとおる》へと、順次、輪廻転生してゆくのが全体の枠組です（ただし、透は贋の転生者に見えますが）。彼ら以上に重要な登場人物が清顕の親友である本多繁邦《しげくに》で、1〜2巻では主人公の活動を見守る立場だったのが、3〜4巻では彼自身が主役になる。輪廻転生のアイディアは平安後期成立の「浜松中納言《はままつちゅうなごん》物語」に由来します。ただ、そのままでは時代離れしたおとぎ話になってしまう。そこで三島は、本多に仏教の唯識《ゆいしき》の理論を研究させ、輪廻転生を含めた小説世界を成り立たせる思想的なバックボーンとして提示しました。

　僕が最初に「豊饒の海」を読んだのは高校生の時。しかし、正直に言うとピンときませんでした。「『豊饒の海』論」執筆のため、数年にわたり、まさに三島がこれを書いていたのと同じ年齢で読み返しましたが、戸惑う部分も少なからずありました。特に、かなり力んで書いている1巻、2巻には中年作家のつらさみたいなものを感じます。ただ、全体としては構想の大きい、それまでの作品とはまったく異なる野心的な仕事で、やはりこの先を読みたかったという気持ちにさせられます。

優柔不断と死にたがり

　第1巻「春の雪」の主筋——女性に、より高貴な相手との結婚話が整った時、それまで優柔不断だった主人公が行動に出て、女性を妊娠させてしまう。女性は出家し、結婚は破談になる——は、「浜松中納言物語」の失われた首巻《しゅかん》（あらすじのみ復元されている）がベース。しかし、作者は苦労していますね。一つには、夢日記を付けるほど夢の世界に耽溺し（夢の重視も「浜松中納言物語」に拠る）、ひたすら「美しい」と形容される松枝清顕という主人公の魅力が伝わりにくいこと。清顕は幼い時にヒロイン綾倉聡子《あやくらさとこ》の家に預けられ、公家の綾倉家の優雅に染まる。優雅に染まったゆえに優柔不断になり、優雅を体現する聡子に憧れるという設定ですが、そのために2人を対照的に描くことが難しくなってしまった。また、優

『日露戦役写真帖　第弐巻』（明治37年）より「得利寺（とくりじ）附近の戦死者の弔祭（ちょうさい）」。「春の雪」冒頭では、松枝清顕が見入るセピア色のこの写真が詳密に描写され、以後も繰り返し言及される。明治の偉業が、そのまま死の世界のイメージに転じられるのだ。

あらすじ

春の雪

大正元年の秋、広大な松枝侯爵邸の苑池で舟遊びをしていた松枝清顕と親友の本多繁邦は、遠来の月修寺《げっしゅうじ》尼門跡をもてなす女たちの一行に出会う。その中には、綾倉伯爵の娘で清顕の幼馴染である聡子の姿もあった。

2歳上の聡子に対する清顕の感情は揺れ動くが、聡子は清顕を一途に思っていた。2人にふとした行き違いのあった頃、洞院宮治典《とういんのみやはるのり》王《おう》殿下と聡子との縁談が進み始める。仲人役の侯爵夫妻は息子の気持ちを確かめたが、清顕は縁談に反対しなかった。

聡子の結婚に勅許が下り、それが禁忌の恋になったことで、清顕の恋情はにわかに高まる。清顕は、聡子付きの老女・蓼科《たでしな》の手引きで聡子と逢瀬を重ねた。やがて聡子は妊娠するが中絶を拒む。追い詰められた蓼科の自殺未遂から、事は綾倉伯爵、松枝侯爵に露見した。大阪で密かに堕胎させられた聡子は、奈良の月修寺に行き、尼門跡にすがって出家。侯爵は聡子の精神疾患を理由に、治典王との婚姻をとりやめることを父宮に願い出た。

清顕は聡子に一目会おうと月修寺を訪ねるが門前払いされる。2月の寒空に数日にわたってそれを繰り返すうち、清顕は寒さと疲れから肺炎になってしまった。駆けつけた本多に伴われて帰京する列車の中で、清顕は、「又、会うぜ。きっと会う。滝の下で」と言い残す。2日後、清顕は20歳で死んだ。

三輪山の遠望。「奔馬」において、松枝清顕の転生者・飯沼勲と、本多繁邦の出会いの場となる。また、清顕の恋人・綾倉聡子が出家した月修寺もここからほど近いという設定。photo: KENJI GOSHIMA / aflo

あらすじ

奔馬

清顕の死から18年後の昭和7年。大阪控訴院の判事を務める38歳の本多繁邦は、大神神《おおみわ》社で行われた剣道大会で飯沼勲と出会う。勲は18歳。かつて清顕付きの書生で、今は大物右翼の飯沼茂之《しげゆき》の息子だった。本多は、三光《さんこう》の滝に打たれる勲の左脇腹に、清顕と同じ三つ黒子があるのを見て驚く。

政財界の腐敗に憤る勲は、神風連《しんぷうれん》の精神に倣い、剣によって社会を浄化することを夢見ていた。勲は仲間を募り、財界要人の暗殺などの計画を立てる。だが、計画は漏れ、勲たちは決行予定日の直前に逮捕される。

逮捕から1年余り、判事を辞して弁護を買って出た本多の働きもあり、刑を免除するとの第一審判決が下った。釈放祝いの席で勲は、密告者が父であること、父の結社の経営資金が自分たちが殺そうとした新河《しんかわ》男爵や蔵原武《くらはらぶ》介《すけ》ら財界の巨頭たちに関わるものであることを知る。勲は、自分は幻をめがけて行動したのかと涙を流した。本多は、酔い潰れた勲が、「ずっと南だ。ずっと暑い。……南の国の薔薇の光りの中で」と寝言を言うのを聞く。

数日後、勲は伊豆山にある蔵原の別荘にしのびこみ、「伊勢神宮で犯した不敬の神罰を受けろ」と叫んで蔵原を刺殺した。不敬とは蔵原の参拝時のささいな不手際に過ぎなかった。追手を逃れた勲は、夜の海に向かう崖上でみごとな割腹自殺を遂げた。

雅を意識しているはずなのに、文体に伸びやかな流麗さを欠く気がします。

　続く第2巻「奔馬《ほんば》」では、本多が飯沼勲少年と出会い、彼が清顕の生まれ変わりだと気づきます。勲は大義のために身を挺《てい》して死にたいと言っているものの、実際はとにかく死にたいという気持ちが先行している。割腹自殺することが彼の一番の欲望で、裏づけのための大義を探しているんですが、それが果たして大義のために死ぬということなのか。そうした倒錯もまたニヒリズムの時代の青年の心性としては理解できますが。三島は当初、北一輝《きたいっき》の息子をモデルにしようかと考えたり、血盟団《けつめいだん》事件や神兵隊《しんぺいたい》事件のような、もっと大がかりなテロ事件を主題化しようとしていました。だけど彼はもうその頃、45歳くらいで死ぬことを考え始めており、あまり構想を膨らませられなかったようです。結果的には、神風連《しんぷうれん》に憧れ、独りテロを決行し、独り死んでしまう少年を主人公に据えた。

老人の恋と仏教研究

　第3巻「暁《あかつき》の寺」からは、冒頭で述べたように、それまで認識者として、行為者である清顕や勲を見つめてきた本多繁邦が主人公になる。物語的な起伏はやや乏しいものの、文体的には3巻以降の方がすぐれている気がします。この巻の転生者である月光姫《ジン・ジャン》はタイの王女です。外国の王族への生まれ変わりこそ、「浜松中納言物語」のストーリーの起点となる転生ですが（主人公の父宮が唐の第三皇子に転生）、ジン・ジャンの存在感は希薄。本多が主人公となったことで純粋に見られる対象となり、内面描写も一切なされないためです。本多の老いらくの恋が気持ち悪がられて絶交されるシーンなど、皮肉で、上手く書けていると思います。

　唯識哲学への言及は第1巻からあるものの、本格的に展開されるのはこの巻からです。難解なため、読者から敬遠される原因にもなっていますが、三島は仏教の相対主義を哲学的に掘り下げることに強い関心を向けていて、そのあたりの記述は面白いし、そこがわからなければ、「豊饒の海」全体の意味も理解できません。他にも、老いながら生きることの難しさとか、単純な物語に回収しきれない幾つかの要素が含まれていて、20世紀後半的なよくわからないもの、気持ち悪いものを微妙な形で捉え得ている巻だと思います。

　第4巻「天人五衰《てんにんごすい》」の創作ノートからは、贋者も含めて転生候補がいっぱい出てくる、みたいな構想を練っていた様子もうかがえます。結局、転生者は安永透のみに絞られ、小説としては索漠とした雰囲気になりました。人生の締切を意識して書き急いでいる感じも否めません。冒頭では海の描写が続き、清水港の信号所での透の仕事ぶりが延々と記述されますが、さすがに長すぎますね。取材してきたことをそのまま書いている印象を受けます。

転生という主題の失速

「豊饒の海」は大長編ということもあり、物語だけをたどってゆくと苦戦させられるところがあります。特に、全体の枠組である輪廻転生が問題です。そもそも松枝清顕に「死なないで!」と思うだけの魅力を感じられなかった場合、以後の生まれ変わりに本多ほどの思い入れを持つことは難しい。

　また、たとえばダライ・ラマの転生者がチベットの国をあげて何年もかけて探索されるのに比べ、「豊饒の海」では清

あらすじ

暁の寺

第一部　昭和16年、五井《いつい》物産の訴訟に関する依頼でバンコックにやって来た47歳の本多繁邦は、自分は日本人の生まれ変わりであると主張する7歳の月光姫《ジン・ジャン》に出会う。姫はかつて日本に留学し、清顕や本多とも交友したパッタナディド殿下の末娘だった。幾つかの質問に的確に答える姫を、本多は清顕・勲の転生者と確信した。本多はインドに旅し、ベナレスやアジャンタを巡る。インド土産を献上した本多は、泣いてすがる姫と別れて帰国の途につく。まもなく米英との戦争が始まった。本多は、親友の転生とインドでの深遠な体験に触発され、輪廻転生や唯識を研究して戦時下の日々を過ごす。

第二部　ある訴訟に勝利し、多額の成功報酬を得た本多は58歳にして富豪となり、御殿場に別荘を建てた。昭和27年春の別荘開きには、留学生として来日中のジン・ジャンも招いたがついに姿を現わさない。かつて日本人の生まれ変わりだと主張したことは覚えていない彼女だが、本多はその美しさに惹かれ、食事に招いたり、父王子ゆかりの指環を贈るなどして歓心を買おうとする。しかし、老いらくの恋はうとまれるばかりだった。やがてジン・ジャンは帰国し、消息も途絶える。昭和42年、73歳の本多は米国大使館のパーティーでジン・ジャンの双子の姉と会い、妹はバンコックの邸の庭でコブラに噛まれ、20歳で死んだと告げられた。

ガンジス河畔のベナレスは、ヒンドゥー教最大の聖地で、岸辺では絶えることなく火葬が行われている。「暁の寺」でこの地へ来た本多繁邦は、〈無情と見えるものの原因〉が〈巨大な、怖ろしい喜悦〉に繋がっているさまに強い感銘を受ける。photo: HEMIS / aflo

顕は本多の同級生だし、勲とジン・ジャンは本多の知人の息子であり娘であるという具合に、転生の範囲が狭い。本多が気まぐれで見学した信号所に透がいて、透に転生のしるしの黒子を見つけた本多が、自分と同じ見る者＝認識者が転生者になったと興奮するという流れにも無理が感じられる。明治末年から昭和中期まで70年近くに及ぶ物語で、海外にまで舞台を広げながら、スケールが大きいような小さいようなもどかしい印象になってしまったのは、そのあたりにも原因があるのではないでしょうか。

二重化した社会を生きる

とはいえ、3巻・4巻に出てくる本多の〝のぞき〟のように、興味深いモティーフにも事欠きません。痴情に耽る老いた本多の姿は、篤実で颯爽とした第2巻

92頁へ

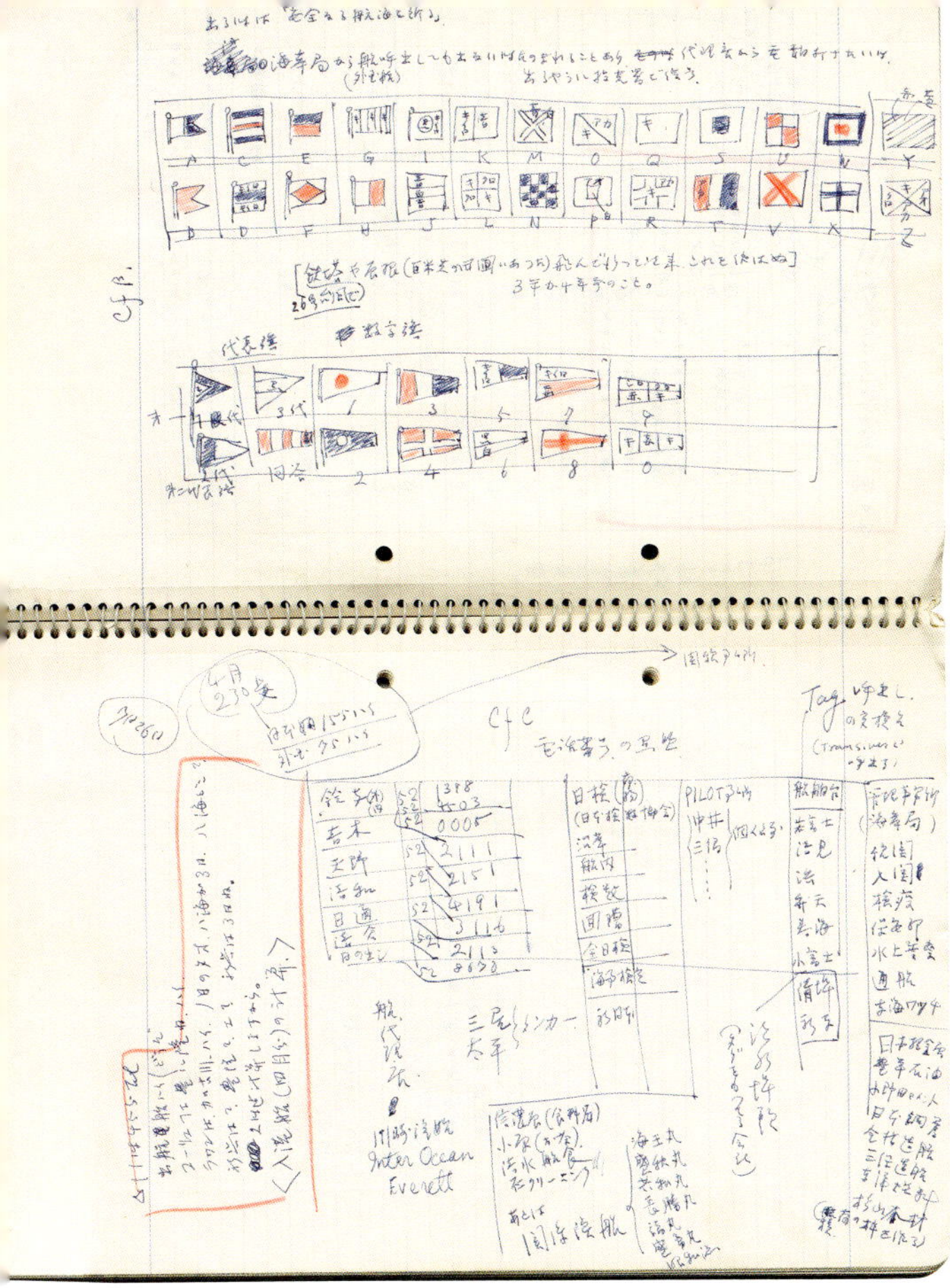

「天人五衰」の創作ノート全5冊より。上の頁には清水港の信号所で取材した信号旗がびっしりと描きとめられ、下の頁には同じく通信に際してのやり取りなどがメモされている。山中湖文学の森・三島由紀夫文学館蔵

あらすじ

天人五衰

妻を亡くした76歳の本多繁邦は67歳の有閑婦人・久松慶子《ひさまつけいこ》と一緒に旅行などして楽しむ仲だった。三保の松原を訪れた2人は、気まぐれから見学した清水港の信号所で、信号員として働く16歳の安永透と出会う。本多は透の脇腹に、清顕や勲、ジン・ジャンと同じ三つの黒子があるのに気づいた。

本多は透を養子に迎え、英才教育を施すが、透は20歳で東京大学に進むと同時に豹変した。透に虐待されるストレスから、80歳の本多は20年以上封印してきた夜の公園でのアベックのぞきに出かけ、警察に捕まる。高名な法律家の醜聞は週刊誌沙汰となり、本多は面目を失う。透はこれを機に本多を準禁治産者にする企みを抱く。見かねた慶子は透を呼び出し、養子縁組の理由である転生の秘密を話し、あなたは贋者に過ぎないとなじる。動揺した透は、本多から清顕の形見の夢日記を借りて読んだ後、服毒自殺を図るが、死にきれないまま失明してしまう。本多は事情を知り、慶子と絶交した。

透は学校をやめ、屋敷の離れで狂女の絹江《きぬえ》と穏やかに暮らす。絹江は身籠っている。本多は60年ぶりに月修寺を訪ねる決心をし、尼門跡となった聡子に会う。門跡は本多の話を真剣に聞いてくれたが、清顕という人は知らないという。本多は呆然とし、〈記憶もなければ何もないところへ、自分は来てしまった〉と思うのだった。

山へみちびく枝折戸も見える。夏といふのに紅葉してゐる楓もあつて、青葉のなかに炎を点じてゐる。庭石もあちこちにのびやかに配され、石の際《きは》に花咲いた梔子がつつましい。左方の一角に古い車井戸が見え、又、見るからに日に熱して、腰かければ肌を灼きさうな青緑の陶《すゑ》の榻《たふ》が、芝生の中程に据ゑられてゐる。そして裏山の頂きの青空には、夏雲がまばゆい肩を聳やかしてゐる。

これと云つて奇巧のない、閑雅な、明るく

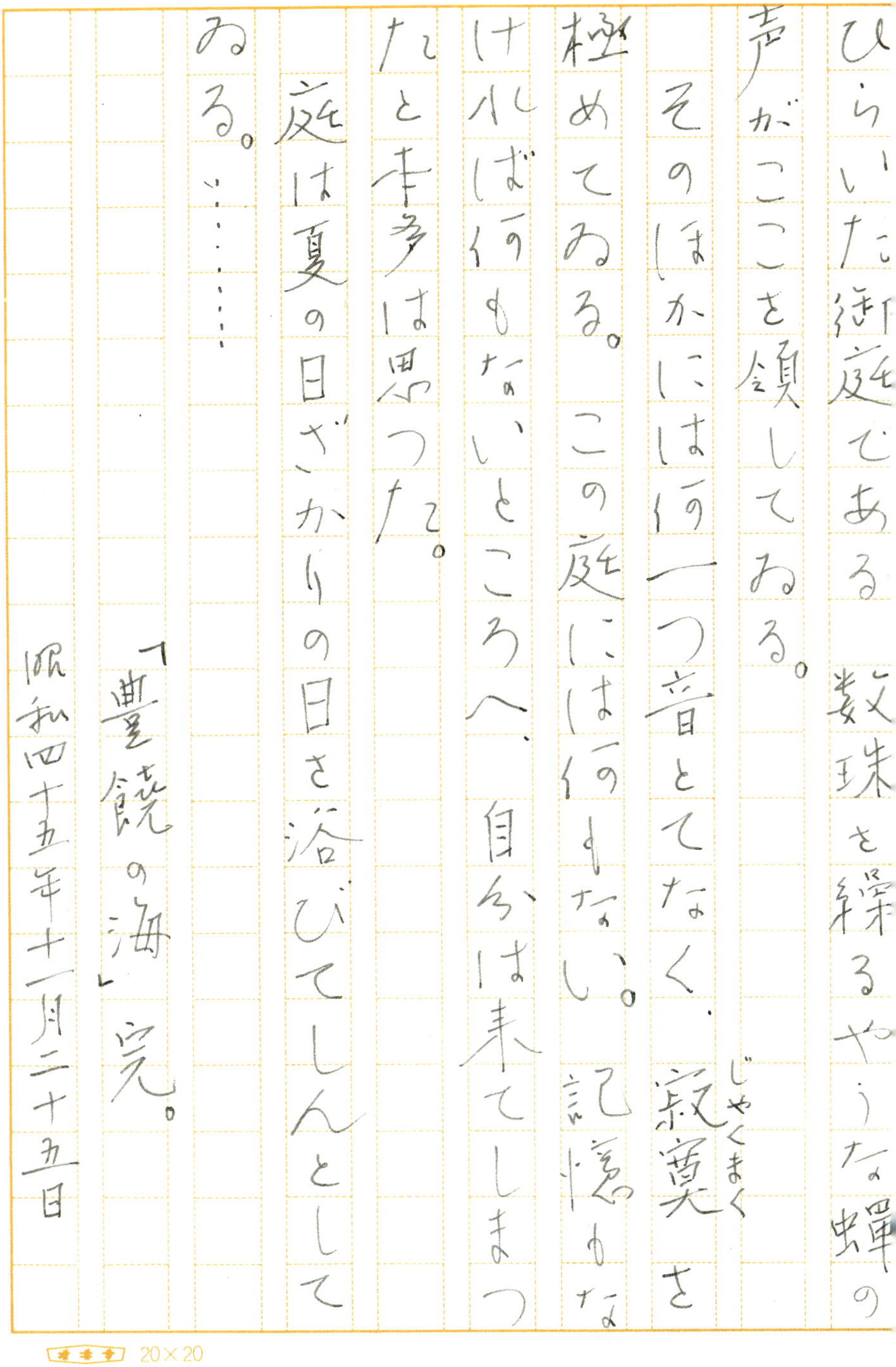
ひらいた御庭である。数珠を繰るやうな蟬の声がここを領してゐる。

そのほかには何一つ音とてなく、寂寞《じやくまく》を極めてゐる。この庭には何もない。記憶もなければ何もないところへ、自分は来てしまつたと本多は思つた。

庭は夏の日ざかりの日を浴びてしんとしてゐる。……

「豊饒の海」完。

昭和四十五年十一月二十五日

「天人五衰」の原稿の最後の1枚。日付は自決の日であり、原稿が編集者の手にわたった日でもあるが、原稿自体はずっと以前に書かれていたようだ。この場面の直前、本多繁邦は月修寺門跡（＝綾倉聡子）から清顕の存在を否定されている。すなわち、「豊饒の海」4巻を費やして語られてきた物語は本多の妄想だったことになる⁉　また、本多と安永透が出会うのは昭和45年の夏で、小説のラストは昭和50年7月22日であるが、その間、朝野をゆるがせた三島事件への言及は（小説として普通のことながら）全くなされない。記憶もなければ何もない場所にいるのは、いったい誰なのか。山中湖文学の森・三島由紀夫文学館蔵までとはかなり印象が異なります。第3巻では、別荘の書斎から隣室に泊まったジン・ジャンのセックス（相手は久松慶子）をのぞいていたのを妻に見つかり、第4巻では神宮外苑の夜の森にアベックのぞきに行ってついに逮捕される。さかのぼれば、「午後の曳航」では登少年が母親のセックスをのぞいていました。

　三島はセクシャリティの面で強いタブーのもとにあったため、社会の見え方が二重化しているんですね。表向き大人の性は自由ということになっているけど、実際にはさまざまなタブーがある。子供にとっては性から遠い存在であるはずの母親だって現実にはそういうことをしている。認識にたけた人間は、のぞき穴から密かに社会の実相を見ているのだ――そんな思いが三島にあったはずです。三島の小説には、「何々せねばならない」「こうであらねばならない」というような当為《とうい》表現がすごく多い。これも一つには、社会の二重化、マジョリティのセクシャリティの人たちが形づくる社会（「禁色」では「多数決原理」と書いていますが）の中で、そうであらねばならないという規範を受け入れて行動せざるを得なかったことの反映と反発ではないでしょうか。

死に向かう存在論

　60年ぶりに月修寺を訪ねた本多に対して、門跡（＝出家した綾倉聡子）が松枝清顕なる人物は知らないと答えるラストについては、賛否いろんな意見があるでしょう。僕はちょっと、泉鏡花の遺作「縷《る》紅新草《こうしんそう》」（三島は「天使的作品！」と絶賛しています）の雰囲気にも似た、いい終わり方だと思います。

　三島は早くから存在論的な問いを抱えていました。世界が存在するとはどういうことか、存在する世界に対して自分の言葉が働きかけることができるのか、もっと言うと、存在しているかどうかわからない世界を自分の言葉が壊せるのかどうか。そして、「豊饒の海」全4巻の終焉で結局全てが存在しなかったとなった時に、じゃあ一人一人の意識が存在しているとはどういうことなのか、という地点にもう一回帰ってくる。自分の死を、虚無をそのまま世界自体とするような認識で受け止められるのかどうか。そのあたりを三島はかなり深く考えていた。

　この小説における三島の存在論の構造は、彼が同時期に書いていた「日本文学小史」を参照することで、俄然《がぜん》見通しがよくなると僕は思っています。それにより初めて三島の構想が――「暁の寺」から唯識論哲学が大々的に展開される意味も、終わり方の意味も――納得できます。やや難しくはなりますが、詳しくは「『豊饒の海』論」で述べているので、よかったら読んでみてください。

上／昭和45年7月6日の三島由紀夫。大田区馬込の三島邸の玄関にて。撮影＝野上透

「三島由紀夫 最後の言葉」は、昭和45年11月18日、つまり11月25日の自決の1週間前に、三島の自邸で行われた生前最後のインタヴューの記録です。
　聞き手の古林尚《ふるばやしたかし》は三島とほぼ同年で、どちらかと言えば左翼的な、三島に批判的な文芸評論家で、それでいて三島の著作をよく読んでいる人だったようです。三島もはぐらかしたりすることなく、初期から晩年までの自分の思想を整理して語っていて、自分がなぜ現在の立場に到ったか、言葉を尽くして説明しようとしています。そのうち、死とエロティシズム、天皇と絶対者の問題などをめぐる発言は、この特集でも何回か言及しました。「豊饒の海」のモティーフについても率直なやり取りが見られます。楯の会のことで古林に問い詰められて、1週間後の行動を今にも言ってしまいそうになるシーンもある。三島が最晩年の時期に、どういうことを考えていたかを知るにはまたとない内容です。

15/15 works

真剣勝負のラスト・インタヴュー

「三島由紀夫最後の言葉」

「図書新聞」昭和45年12月12日付
および翌年1月1日付に初出
現在、中公文庫『太陽と鉄・私の遍歴時代』に所収

冷戦が終結し、バブルが崩壊したあとの90年代という時代、自分はなんのために生きてるんだろうと思っていた僕は、「金閣寺」から「鏡子の家」ぐらいにかけての三島作品に描かれたニヒリズムの世界に生きるという意識に、本当に心打たれたし、共感しました。天皇主義へと反動化すると同調できないのですが、日本社会を全否定する彼の心境がわかる気がしていました。だから、今の〝日本スゴイ〟系の人たちが三島のことを持ち上げたりするのを見ると、違和感を禁じ得ません。
　政治的には全く反対の立場に立つようになりましたけど、現在もやっぱり僕にとっては特別の作家ですね。自分が10代の時から圧倒的な影響を受けてきたし、文学について語っているものとかを読むと今でも感心するし、いくつかの傑作は今でも大好きです。だからこそ、なぜあの行動だったのかを考え続けてきたわけですが。

右／2020年9月16日の平野啓一郎。撮影時、平野氏は三島の享年と同じ45歳だった。新宿区矢来町の新潮社スタジオにて。撮影＝筒口直弘（新潮社）

少年時代から映画を愛した作家は、3本の映画に出演。
ヤクザ、陸軍中尉、薩摩藩士を演じた
その恐るべきシーンをふりかえる。

スクリーンの上で いつも彼は 血を流して死んだ

俳優・三島由紀夫考

四方田犬彦【文】

2005年、長らく三島原作のフィルムを制作し、『憂國』にも深く関わった藤井浩明さんが、引退興行の覚悟を決めて『春の雪』を企画したときのことである。若尾文子、岸田今日子、大楠道代と、歴代の三島ギャルがこれが最後と競い合って共演した。このとき、わたしは藤井さんから恐るべき話を聞いた。最晩年の溝口健二が『金閣寺』の映画化に強い関心を抱いていたというのである。

ヴェネツィア国際映画祭連続三回入賞というこの国際的監督は、『金閣寺』の主人公の名前が溝口だという点を大いに気に入っていた。「市川崑さんが生きている間は、このことは人にいっちゃダメだぞ」と、藤井さんはいった。市川監督がそれを知らずに、後に『金閣寺』を原作に『炎上』を撮ったからである。

もし溝口が『金閣寺』を手掛けていたとしたら！ わたしは『からっ風野郎』に先んじて、市川雷蔵が演じる主役・溝口の向こうを張り、三島由紀夫本人にぜひ相手役の柏木を演じてほしかったと思う。溝口監督の役の付け方の厳しさは、今でも伝説として語り継がれている。もしかすると、それが契機となって、三島由紀夫という人物のその後の生き方が、大きく変わっていたかもしれないのだ。

「私もたうとう念願叶つて、映画に出演することになつた。念願と云つたが、これは映画を見るほどの人が一度は胸に抱く夢であらう。私も子供のころから今まで何百本の映画を見たらうか？ これから先も何百本、何千本も見るだらう。その中の一本に自分の出演映画を数へることは、丁度、一千回の仲人をした人が、たつた一回の自分の結婚式を経験するやうなものだらう。」（『決定版 三島由紀夫全集 第31巻』）

1960年、増村保造監督の大映映画『からっ風野郎』に主演するにあたって、三島由紀夫がプログラムに寄せた文章である。いかにも上機嫌が窺われる文面だ。彼は映画俳優になりたかったのだ。結果的にその夢を叶えたのは、溝口の愛弟子である増村だった。

ヤクザと陸軍中尉のみごとな最期

三島由紀夫がみずから本気で出演したフィルムは3本しかない。『からっ風野郎』と『憂國』（1966）、『人斬り』（1969）である。『憂國』では、彼みずからが原作の短編を執筆し、主演ばかりか、脚本、監督までを兼ねている。

『からっ風野郎』で三島は、小学校しか出ていないヤクザを演じている。このヤクザは若尾文子を無理やりに情婦にするが、彼女の妊娠を知って急に恐怖を感じ、逆に彼女に圧倒される。最後には敵のヤクザに撃たれ、エスカレーターの上に仰向けに倒れ息絶える。要するに典型的な反英雄である。だが三島本人は自分とは

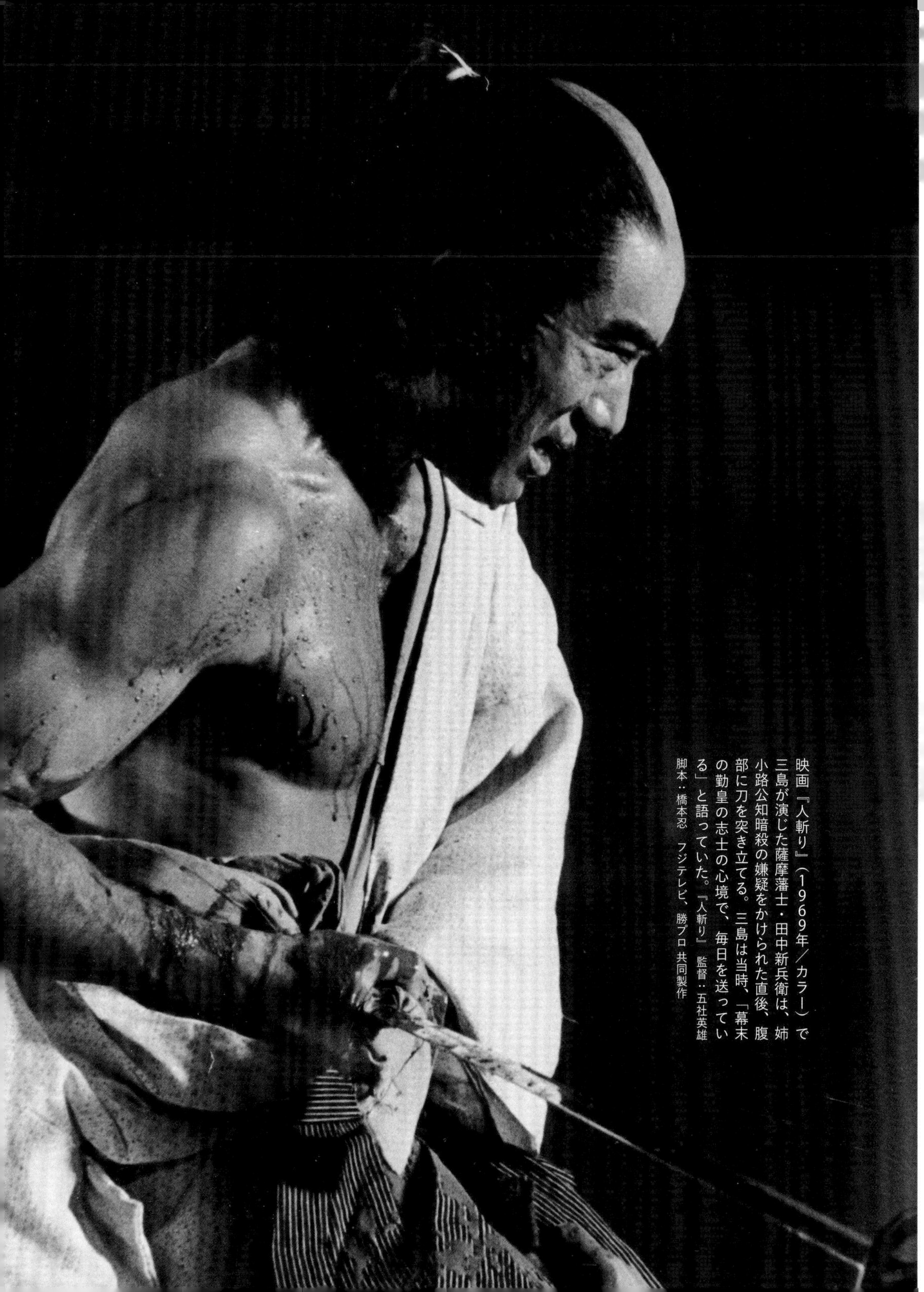

映画『人斬り』（1969年／カラー）で三島が演じた薩摩藩士・田中新兵衛は、姉小路公知暗殺の嫌疑をかけられた直後、腹部に刀を突き立てる。三島は当時、「幕末の勤皇の志士の心境で、毎日を送っている」と語っていた。『人斬り』監督：五社英雄　脚本：橋本忍　フジテレビ、勝プロ共同製作

正反対の人物を演じることに快感を覚え、大学の同期生であった増村監督のサディスティックな稽古にみごと耐えてみせた。彼はその体験をもとに短編「スタア」を発表し、共演者若尾文子を讃美するエッセイを執筆した。いささか危なっかしい演技ではあったが、映画の主役を演じることで、そのマゾヒスティックな情熱はみごとに満足させられたというべきである。

『憂國』は1936年に生じた二・二六事件を題材に、結婚後間もないという理由で、青年将校たちの決起から外された陸軍中尉の苦悶を描いている。彼は事態収拾のため「叛乱軍」を鎮圧せよという命令を受けるが、親友たちに銃を向けることができない。そこで妻に見守られながら割腹自殺を遂げる道を選ぶ。妻は夫の死を見届けた後、みずからも自害する。

このフィルムでは能舞台に見立てたセットが用いられ、前後の事情は簡潔に説明されるだけだ。作品の主眼はただ死を前にした夫婦の交合とそれに続く割腹であって、残余は顧みられることがない。二人の人物は一言も言葉を交わさない。男の腹に突き立てられる軍刀。傷口から零れ落ちる内臓。男は軍帽の下で苦痛に耐え、口から泡を垂らし、妻はすべてを静かに見つめている。そこで実現されているのは、死を前にした歓喜の実践に他ならない。

『からっ風野郎』（1960年／カラー／監督＝増村保造）で三島が演じたのは、ヤクザの2代目。相手役は若尾文子。監督には罵詈雑言を浴びせられ、射殺されるラストシーンでは頭を打って入院するなど、さんざんな目にあったとか。©KADOKAWA　1960

5ショットの恐るべき惨劇

『人斬り』は五社英雄が司馬遼太郎の短編を膨らませ、フジテレビと勝プロが共同で撮った幕末時代劇である。ニヒルで冷酷な武市《たけち》半平太《はんぺいた》を仲代達矢が演じ、その半平太のもとでテロリストとして凶悪なまでに成長していく岡田以蔵《いぞう》を勝新太郎が演じる。その以蔵の殺戮を制止しようとする人間的な坂本竜馬がなんと石原裕次郎。企画は超豪華なキャストで進められた。

それでは以蔵と組んで暗殺を手掛ける薩摩藩士、田中新兵衛を誰にするか。最後の段になって勝が三島に連絡をし、三島が快諾した。自分の知的な部分がまったく考慮されずになされたキャスティング。三島はそれに上機嫌だった。時代劇は初めてであったが、すでに4年前から北辰一刀流《ほくしんいっとうりゅう》の居合いを学び、自信はある。彼はさらに薩摩藩士という役づくりのため、鹿児島の示現流《じげんりゅう》を改めて学び出すほどの熱心さを見せた。

三島がもっとも印象的なのは、その壮絶な割腹場面においてである。あるとき非情の半平太が以蔵にトリックを仕掛ける。新兵衛の刀を彼に渡し、急進派の公家である姉小路公知《あねがこうじきんとも》の殺害を命じる。暗殺は実行される。京都町奉行は現場に落ちていた刀から下手人は新兵衛だと思い込み、彼を捕縛する。何も知らない新兵衛は突然の訊問に驚くが、自分の差料《さしりょう》を手渡され、もはや申し訳が立たない。

この1分ほどの場面、わずか5ショットを、三島は恐るべき緊張感のもとに演じてみせた。

まず正面のアップ。彼は身に覚えのない殺人を糾弾され、当惑した表情を見せている。後ろ姿の引きのショットで刀を渡され、座位の全身像で三島はそれをゆっくりと確かめる。そして自分のものだと認めるや、やおら右腕を肩脱ぎにし、一瞬のうちに居合い抜きで刀を腹に突き立ててみせる。緩慢に始まり急展開するこのショットは、観客を圧倒する。カメラは彼の右側に廻って、アップで三島の横顔から右肩、そして背中を捉える。ボディビルで鍛えた軀の筋肉の緊張が強調される。彼が口から血を吐き、荒い息遣いをしながら、全身でもって苦痛に耐えているさまが映される。最後にカメラは後方から三島を捉える。腕の下のあたりが、急激に血に染まっていく。彼は前方に向かって、ゆっくりと崩れるように倒れる。

三島は他の俳優たちとの対話の場面に際しては勝の助言を受け、それに謙虚に従った。だがこの割腹場面の撮影にあたっては、すべてを自分に任せてくれるよう監督の五社に頼んだ。五社は『憂國』の壮絶なる割腹場面を知っていたので申し出を尊重し、恐るべき集中力のもとに撮影が行われた。『憂國』がモノクロであったのに対し、『人斬り』はカラーである。緩慢さと敏捷さ、白衣と鮮血といった対照が絶妙な効果を上げている。この作品のDVDが発売される日を待ちたい。

進退きわまる状況に置かれ、自決をする。それは三島が『憂國』や『剣《けん》』といった短編で、また長編『奔馬』の結末で繰り返し描いた、彼が理想とする死のあり方であった。このフィルムの出来に満足した彼は、それから1年後の1970年11月25日、自衛隊市ヶ谷駐屯地で、現実に割腹自殺を遂げた。

実は三島には4本目の出演作が予定されていた。大島渚の『儀式』である。大島は最後に南島で自決する青年輝道の役を彼に期待していたが、本人の突然の死でそれは果たせなかった。中村敦夫が代役となった。彼は力演であったが、わたしは三島ヴァージョンも観たかったと思う。

自身の小説を原作に、監督・主演も務めた映画『憂國』は、ワーグナー「トリスタンとイゾルデ」をBGMに繰り広げられる28分間、モノクロームの無言劇。フランスのツール国際短編映画祭（1966年1月）で上映され、劇映画部門第2位となった。撮影＝神谷武和

よもた・いぬひこ
1935年、大阪府生れ。比較文学者、映画史家。文学、映画、漫画など、守備範囲は多岐にわたる。2019年、『詩の約束』で鮎川信夫賞を受賞。2025年に三島とパゾリーニとの出逢いを描いた長編小説を含む、三島論集成を刊行予定。

玉三郎、三島歌舞伎を演じる

撮影　篠山紀信

晩年の三島由紀夫が
十余年ぶりの歌舞伎の大作「椿説弓張月《ちんせつゆみはりづき》」を書く時、
ヒロイン白縫姫《しらぬいひめ》として想定したのは
〈蕾《つぼみ》の花の若女形《わかおやま》〉、当時19歳の坂東玉三郎だった。
以後もさまざまな三島歌舞伎、
三島劇に出演してきたその艶姿を、
三島とも深い親交のあった
写真家のショットで振り返る。

右頁／玉三郎は、「鰯売恋曳網（いわしうりこいのひきあみ）」の蛍火（ほたるび）の役を前後8回にわたって務めている。こちらは、2005年3月の歌舞伎座公演に際しての撮影（左頁、次見開きも）。

美声の鰯売・猿源氏（さるげんじ）を演じたのは、18代目中村勘三郎。東国の大名の名を騙って高級遊郭に上がり込んだ猿源氏は、出鱈目な合戦譚を披露して傾城たちと差しつ差されつ、すっかり良い気分になって思い人・蛍火の膝を枕に……。

夫婦となった猿源氏と蛍火が、鰯売の旅に出る大団円。身分卑しい鰯売が、大名高家しか相手にしない高級遊女に一目惚れしてやつれ果てるが、父親や仲間の助けで女に接近。彼女はじつは幼き日、鰯売の声に聞き惚れて城をさまよい出た、紀州は丹鶴城（たんかくじょう）の姫君で……。軽妙なファルスであり、祝祭性も豊かな「鰯売恋曳網」は、6作ある三島歌舞伎のうちで最も愛され、現在に至るまで上演が絶えない。

保元の乱の後日譚を描いた曲亭馬琴（きょくていばきん）の小説を歌舞伎化した「椿説弓張月」は、昭和44年（1969）11月、国立劇場で初演。三島は自ら演出も手掛け、その生涯の歌舞伎愛の総決算とした。写真は、2002年12月の歌舞伎座公演に際しての撮影。源為朝（みなもとのためとも）は3代目市川猿之助、その正室・白縫姫は初演時と同じく玉三郎が演じた。右頁は中の巻「薩南海上（さつなんかいしょう）の場」で、船から海に身を投げて嵐を鎮めようとする白縫を為朝が止めるシーン。左頁はそれに先立つ「肥後国木原山塞（さんさい）の場」。白縫は、行方知れずの夫を思いつつ、2代目市川猿四郎演じる裏切者の武藤太（ぶとうだ）を嬲り殺す。

ばんどう・たまさぶろう

1950年、東京都生れ。坂東喜の字として7歳で初舞台。1964年、14代目守田勘弥の養子となり、5代目坂東玉三郎を襲名。女形として数々の舞台を務める他、アンジェイ・ワイダ、ダニエル・シュミット、ヨーヨー・マなど世界のアーティストたちと多彩なコラボレーションを展開してきた。2012年、人間国宝、2013年、フランス芸術文化章最高章コマンドゥール、2019年、文化功労者。

楽しいのは「鰯売」、それから「黒蜥蜴」ですね

インタヴュー　坂東玉三郎

聞き手……井上隆史、芸術新潮編集部

――「玉三郎君のこと」（105頁に掲出）**は、ごく短い文章ですが、三島由紀夫らしい、素晴らしい内容ですね。当時、お読みになって、どんな感想を持たれましたか？**

そんなに褒められても実感がないというか、困ってしまうという感じでした。ただ、土壌がなければ舞台人が育たないし、出てこないといったお話には、この年になって「ああ、そうだなあ」と思います。

――〈今の時代に、このような花は、培おうとしても土壌がなく、ひたすら奇蹟を待ちこがれるほかはない〉とあります。

今は、一般の社会に歌舞伎を志す人がいても、修業し、引き上げられる環境が、本当に狭くなってきています。三島先生があの文章をお書きになった時にも、その気配はすでにあったんでしょうね。昭和の初期まではあったような土壌が、戦後になって平《たい》らくなったことに危機感を感じていらっしゃった。当時の私にはそういう理屈はわからなかったですけれども、三島先生が歌舞伎というものを俯瞰して見る中で、出てきた者が引き抜かれ、抜擢され、もちろん作家も沢山居た、その流れの中にいることを、奇蹟という言葉で言ってらっしゃるんだと思うのです。

――歌舞伎の将来は危ないけれど、玉三郎さんのような若手も出てきたし大丈夫かもしれない、その両方の思いがあった？

　自分が言葉をかけてやることによって、それならば私も支えてやろうと思う人が現れてくれれば、と思われたんだと思います。どうなるかわからないけれども応援してやってくれという応援歌なのでしょうか。

――三島との最初の出会いは？

　全くの偶然なんですけど、父（＝守田勘弥《かんや》）が出ている「天下茶屋」（「敵討《かたきうち》天下《てんが》茶屋《ぢゃや》聚《むら》」）の初日を母（＝藤間勘紫《かんし》恵《え》）と一緒に観に行ったら、隣の席に三島先生が座っていらした。後で挨拶しようと母とところづもりしていたんですが、そのうち三島先生はいなくなってしまった。やがて、国立劇場の制作室にいらした中村さん（＝中村哲郎、演劇評論家）が顔を出して、「玉三郎さんだったんですか」と言われて。三島さんが、あそこじゃ座っていられない、隣にいたのは誰なのか聞いてこいと言われたみたいです。

――とにかく綺麗な人がいる、と三島は言ったそうですね。

　私は、17歳だったですかね。あんな青年の隣に座っていられないというのをそういう意味で取っていなかったですから、何か失礼があったのかしらって。「桜姫」（「桜《さくら》姫《ひめ》東《あずま》文章《ぶんしょう》」）は、その前だったかな。「桜姫」で稚児の白菊丸をやったのは……。

――その舞台は、三島も観ている？

　観ていらっしゃいます。国立劇場の理事でしたから。「椿説弓張月」はその2年後です。

――台本を読んでどう思われましたか？

　白縫姫は具体的に書いてあるからよくわかりましたけど、為朝はどうなったのかなあ……、という感じで読んでいました。為朝はただそこにいるだけで、迎えに来た神馬に乗って去ってゆく。白縫姫の場合と違って結論が抽象的ですよね。

――三島の演出で記憶に残ることは？

　その当時先生は能に傾倒してらして、面を切るということをやりなさいと言っていました。嬲り殺しにしている男（＝武藤太）をパッと見て、面をスッスッと切りなさい、見得をしないでと言われました。お琴をスッスッと糸を擦る時だけ見て、その他は、攻め殺してるところを一切見ないでくれと。それから海に入る時も、パッと一瞬だけ為朝を見て、それで思い切って飛び込む。見得を切るのではなくて、能楽的な瞬間的な面を切るようにと、そこは強く

上／「サド侯爵夫人」は、三島の（そして現代日本の）戯曲の最高傑作として衆目一致するが、上演の難しさでも定評あり。写真は昭和58年（1983）の公演で、ルネを演じる玉三郎。

玉三郎君のこと

三島由紀夫

女方は歌舞伎の花である。老練な偉大な女方が必要な一方では、蕾《つぼみ》の花の若女形《わかおやま》がいなければ歌舞伎は成立たぬ。しかし今の時代に、このような花は、培おうとしても土壌がなく、ひたすら奇蹟を待ちこがれるほかはない。その奇蹟の待望の甲斐あって、玉三郎君という、繊細で優婉《ゆうえん》な、象牙細工のような若女形が生れた。歌舞伎というものの異常な生命力の証《あか》しである。

痩せているのに、傾城《けいせい》もできる「ぼんじゃり」した風情があり、なよやかでありながら、雲の絶間姫もやれる芯の強さやお茶っぴい気分もある。この人のうすばかげろうのような体が、舞台の上でしなしなと揺れるときに、或る危機感を伴った抒情美があふれ出る。そして何よりも大切なのは、その古風な、気品のある美貌なのである。

美貌が特権的に人々の心をわしづかみにする、この力を歌舞伎が失ったら、老優の深い修練の芸の力のみで、歌舞伎を維持できるものではない。世阿弥《ぜあみ》以来、日本の芸道は、少年の「時分の花」と、老年の「まことの花」とが、両々相俟《あいま》って支えてきたのである。玉三郎君という美少年の反時代的な魅惑は、その年齢の特権によって、時代の好尚そのものを引っくりかえしてしまう魔力をそなえているかもしれない。

昨年、拙作「椿説《ちんせつ》弓張月」が国立劇場で上演され、私自身が演出を担当したとき、はじめて玉三郎君を扱って、その稽古の行儀正しさ、素直さ、真剣さ、セリフを一字一句まちがえずに大切にすること、等から、父勘弥《かんや》丈のきびしい躾《しつけ》と、立派な教導を感じた。しかしまじめなばかりで花がなければ何にもならぬ。山塞《さんさい》の場の白縫姫《しらぬいひめ》の冷艶《れいえん》、かよわい美のみが持つ透明な残酷さ、等は、正に私が狙ったものそのもので、時折、舞台を見ていて私は戦慄を感じた。又、海上《かいしょう》の場で一転して、純情で一途な姫になり、わが子との別れで舳《へさき》に崩折《くずお》れてさしのべる人形風な手の美しさ、のけぞる形の人形風な誇張、愛する良人《おっと》為朝の手をふり切って入水《じゅすい》するときの、身をしなしなと左右へ激しく振るうしろ姿の一瞬の鋭い優雅……すべて演出家の意をよく伝えた演技を見せてくれた。

その玉三郎君が、今度は短期間ながら、自ら世に問う成果として、妹背山《いもせやま》のお三輪を演ずる、というのであるから、期待しないわけには行かない。お三輪は時代物の娘役として屈指の大役難役であるが、可憐な見かけによらぬ強靭な意志力を最大限に発揮するというこの役柄そのものが、女方芸というものを象徴している。玉三郎君の明るい性格は、まだ女方芸術の暗いどんよりした風味を出すほどには熟していないが、この大役お三輪を通じて、彼が歌舞伎の中核にある何ともいえぬ暗い悩ましい魂に触れてくれることを願わずにはいられない。

〈初出〉国立劇場　青年歌舞伎祭　若草座公演プログラム　昭和45年8月

言ってらっしゃったです。

――人としての三島由紀夫の印象は？

誤解しないでほしいんですけど、人間っぽくないんですよね。私には肉感というものがない感じがしました。其処に居るんだけど、居ない感じっていうのかなあ。それに、普通は、こう喋ればこう返ってくるみたいなのがありますよね。ところが、三島さんの場合、とんでもないところから言葉がパーンと出てくる。あれは亡くなる少し前、初夏だったと思うんですけど、私が国立劇場の事務所の前で車を待っていると、中に先生がいらして、ガラス越しに目礼したらパッと出てくるなり、「これは蛇皮なんだよ」って。挨拶も何もしないうちに、「君、これなんだと思う？　蛇皮なんだよ」、「あ、はい」。そんな調子でした。

――三島からは「サド侯爵夫人」の限定豪華本を署名入りで贈られてもいます。

国立劇場の一室に呼ばれて、君は今後どういう芝居をしたいんだと聞かれました。私も馬鹿でしたね。先生の作品を挙げればいいのに、加藤道夫の「なよたけ」です、って言ったんです。そしたら、あんな芝居は思春期の少年が書くようなものだ、君はこういうのをやりなさいって渡されたのが「サド侯爵夫人」でした。うちに帰って一生懸命読んだけど良く分かりませんでした……（笑）。

――その「サド侯爵夫人」を初めて演じられたのは、昭和58年（1983）のサンシャイン劇場でした。いかがでしたか？

三島先生のお芝居は、もちろん言葉は素晴らしいし、構成も素晴らしい。演劇として面白いのですが、やってる人間は苦しいこともあるのです。閉じ込められてしまう感覚がありますから。

――三島由紀夫の中に？

そう。サンシャイン劇場ではルネ（＝サド侯爵夫人）を私が、モントルイユ夫人（＝ルネの母）を南美江《みなみよしえ》さんが演じました。南さんは浪曼劇場（三島と演出家・松浦竹夫が創設した劇団で、三島作品を中心に上演した。昭和43〜47年）にもいらした方ですから、公演中に「どうやったらうまくできるのかしら、毎日

坂東玉三郎と三島演劇

タイトルのあとに、坂東玉三郎が演じた役名を示す。

椿説弓張月❖白縫姫
昭和44年（1969）11月　東京、国立劇場大劇場
平成14年（2002）12月　東京、歌舞伎座

班女❖花子
昭和51年（1976）7月　東京、国立劇場小劇場
昭和52年（1977）12月　東京、日生劇場

地獄変❖露艸
昭和53年（1978）6月　東京、新橋演舞場

鹿鳴館❖大徳寺侯爵夫人
昭和55年（1980）2月　東京、明治座
4月　名古屋、中日劇場
昭和56年（1981）4月　京都、南座
8月　東京、歌舞伎座

サド侯爵夫人❖ルネ（サド侯爵夫人）
昭和58年（1983）12月　東京、サンシャイン劇場

サド侯爵夫人❖サン・フォン伯爵夫人
平成2年（1990）8月〜9月
東京、ベニサン・ピット

黒蜥蜴❖緑川夫人 実ハ 黒蜥蜴
昭和59年（1984）11月　東京、新橋演舞場
昭和61年（1986）4月　名古屋、中日劇場
10月　東京、青山劇場

黒蜥蜴❖出演はなし、福田逸と共同演出
平成2年（1990）3月　東京、新橋演舞場

鰯売恋曳網❖傾城蛍火 実ハ 丹鶴城の姫
平成元年（1989）11月　東京、歌舞伎座
平成2年（1990）3月　東京、歌舞伎座
平成7年（1995）4月　名古屋、御園座
6月　東京、歌舞伎座
平成10年（1998）5月　大阪、松竹座
平成12年（2000）4月　東京、歌舞伎座
平成17年（2005）3月　東京、歌舞伎座
平成21年（2009）1月　東京、歌舞伎座

恋の帆影❖舞鳥みゆき
平成2年（1990）4月　東京、新橋演舞場

やってるのにまともに芝居ができないわね」と言ったら、南さんが「三島先生のお芝居は、役者がうまくやればやるほど役者は死ぬんです。そして、三島由紀夫の像が舞台に立ち上がってくる、それが成功よ」って言ってらっしゃって。確かにそうなんです。

——やはり、ふつうは役者の喜びと舞台の成功は、おおむね一致している？

それは確かに重なるんです。それが三島先生の芝居では全然一致しないで、操られている感じですね。

——なんだか、わかるような……。

「鰯売」（「鰯売恋曳網」）だけは歌舞伎の様式が前面に出ていて、歌舞伎音楽もあるし、演劇的な余白があるんですよね。三島先生の書いている世界から少し離れるというか。だからやっていて楽なのです。「鰯売」以外では「黒《くろ》蜥蜴《とかげ》」ですね、楽しいのは。それは、三島先生の本質が、そのまま出ているからでしょうか。他の作品では、三島先生特有の、修飾語の多い文章や構成によって戯曲の中に役者を封じ込めてしまっているのですけれども、「黒蜥蜴」だけは三島さんの無垢な気持ちが出てるんだと思います。

——三島歌舞伎では、「地獄変」の露《つゆ》艸《くさ》も演じておられます。

原作が芥川さん（＝芥川龍之介）。あのお二方の合作では、役者として耐え難いところがありますよね……（笑）。私ね、自分でやっていながら、娘が焼け死ぬ姿がなぜ美しいのか、さっぱりわからなかったです。やらなきゃならないからやったけど、ほとんど理解出来ませんでした……（笑）。

——露艸は、かつては中村歌右衛門さんが演じていました。

歌右衛門さんにはそういった部分が良い意味で根本にあったと思うので、そこで三島作品と融合したのかも知れません。私はそういうことは意外となかったんです。淡泊というか。ただ、三島先生の眼に映った私の中にはそういうものを見られたのでしょうか。でも、私は自覚できなかったです。

——三島の自決を知ってどうお感じに？

申し訳ないことですけど、大変なことだとか、お可哀そうだとか、もっともだ、とかじゃなくて、「ああ……結局、芝居書いてくれないのね」って思いました。すみません……。

——それはつまり、もっと戯曲を書いてほしかったということですか？

さんざん文化のことを言い、歌舞伎のことを言い、言葉を大事にって言っていたのに、「死んじゃったの」という感じでした。なにしろ、その時、はたちでしたから。でも、三島先生が亡くなった後、芝居を書けた小説家は有吉佐和子さんくらいではないでしょうか。そう考えると、三島先生がもっと私たちに芝居を残していてくださったら、と思います。おかしな言い方かもしれませんけれど、三島さんご自身が芝居をなさったら、あのような死に方をすることもなかったかもしれない、そう思うこともあります。

上／江戸川乱歩の小説を戯曲化した「黒蜥蜴」には、10代の三島が書いていた詩の世界が、円熟した作劇術に乗って甦ったかのようなみずみずしさがある。写真は、玉三郎演じる女賊・黒蜥蜴と、草刈正雄演じる名探偵・明智小五郎のツーショット。昭和61年（1986）の公演に際しての撮影。

地球の旅人・三島由紀夫

インド政府の招きで同国への旅に向かう。探検帽からシャツ、スーツまで白ずくめ、そしてサングラスと熱国仕様。左手にはBOAC（英国海外航空）の搭乗チケットが見える。昭和42年9月26日、羽田空港にて。撮影＝新潮社写真部

みずみずしい感動と、鋭利な思索、社交人としてのウィット。三島由紀夫は、紀行文の分野でもまた、ヴィヴィッドな傑作の数々をものした。旅人ミシマの影を求めて。

カルーゼル凱旋門を背に。昭和40年9月28日頃、ストックホルムからパリに到着した三島は、10月8日頃にハンブルクに発つまで、ガリマール書店やロスチャイルド家の歓待を受けて過ごした。撮影＝新潮社写真部

満27歳になったばかりの三島青年を、異様な感動で襲ったリオ・デ・ジャネイロの夜景。この光景には誰でも心動かされるとしても、左の引用に続く部分を読むと、この町での三島の心理的な体験は特別のものであったことがわかる。『アポロの杯』の旅はすでに「航海日記」「北米紀行」の章を経て、中盤に差し掛かっているが、この「南米紀行」の章に至り、ボルテージは一挙に上がった。photo: SIME / aflo

三島由紀夫「南米紀行―ブラジル」より

深夜

コンステレーション機は、リオの上空にさしかかった。一月二十七日午前一時すぎである。

リオ・デ・ジャネイロの夥しい灯が眼下に展開した。黒大理石の卓に置かれた頸飾のように、シュガア・ローフ（Sugar-loaf）峰をめぐる海岸線の燈火が見える。私はこの形容の凡庸さを知っているが、或る種の瞬間の脆い純粋な美の印象は、凡庸な形容にしか身を委さないものである。美は自分の秘密をさとられないために、力めて凡庸さと親しくする。その結果、われわれは本当の美を凡庸だと眺めたり、ただの凡庸さを美しいと思ったりするのである。

しかしリオのこの最初の夜景は、私を感動させた。私はリオの名を呼んだ。着陸に移ろうとして、飛行機が翼を傾けたとき、リオの燈火の中へなら墜落してもいいような気持がした。自分がなぜこうまでリオに憧れるのか、私にはわからない。屹度そこには何ものかがあるのである。地球の裏側からたえず私を牽引していた何ものかがあるのである。

『アポロの杯』所収

三島由紀夫「旅の絵本」より

壮麗な建築がわれわれに与える感動が、廃墟を見る場合に殊に純粋なのは、一つにはそれがすでに実用の目的を離れ、われわれの美学的鑑賞に素直に委ねられているためでもあるが、一つには廃墟だけが建築の真の目的、そのためにそれが建てられた真の熱烈な野心と意図を、純粋に呈示するからでもある。この一見相反する二つの理由の、どちらが感動を決定するかは一口に云えない。しかし廃墟は、建築と自然とのあいだの人間の介在をすでに喪っているだけに、それだけに純粋に、人間意志と自然との鮮明な相剋をえがいてみせるのである。廃墟は現実の人間の住家や巨大な商業用ビルディングよりもはるかに反自然的であり、尖鋭な刃のように、自然に対立して自然に接している。それはついに自然に帰属することから免れた。それは古代マヤの兵士や神官や女たちのようには、灰に帰することから免れた。と同時に、当時の住民たちが果していた自然との媒介の役割も喪われて、廃墟は素肌で自然に接しているのである。殊に神殿が廃墟のなかで最も美しいのは、通例それが壮麗であるからばかりではなく、祈りや犠牲を通して神に近づこうとしていた人間意志が、結局無効におわって挫折して、のび上った人間意志の形態だけが、そこに残されているからであろう。かつては祈りや犠牲によって神に近づき、天に近づいたように見えた大神殿は、廃墟となった今では、天から拒まれて、自然——ここではすさまじいジャングルの無限の緑——との間に、対等の緊張をかもし出している。神殿の廃墟にこもる「不在」の感じは、裸の建築そのものの重い石の存在感と対比されて深まり、存在の証しである筈の大建築は、それだけますます「不在」の記念碑になったのである。われわれが神殿の廃墟からうける感動は、おそらくこの厖大な石に呈示された人間意志のあざやかさと、そこに漂う厖大な「不在」の感じとの、云うに云われぬ不気味な混淆から来るらしい。

『旅の絵本』所収

マヤ文明の遺跡ウシュマルは、メキシコ、ユカタン半島の北西部に位置し、紀元700年頃から1100年頃にかけて栄えた神殿や宮殿の遺構が残る。昭和32年9月13日、三島はこの地で、至上の幸福感を覚える（次見開きからの本文参照）。写真の手前は尼僧院と通称される建物で、奥は魔法使いのピラミッド。写真の右手に続くエリアには、支配者の宮殿と呼ばれる長大な建物［116頁］がある。 photo: Amazing Aerial / aflo

時空を越える
——三島由紀夫の九つの旅

井上隆史【文】

三島由紀夫は昭和26年末から翌年にかけての世界旅行以来、昭和44年の韓国訪問に至るまで、生涯で9回にわたり海外旅行をしました。そのうち4回は、2ヶ月から半年に及ぶ世界一周の旅です。戦後日本で海外旅行が自由化されたのは昭和39年。それ以前にも、ロックフェラー財団が支援した海外留学プログラムに福田恆存、大岡昇平、中村光夫、江藤淳などの文学者が参加していますが、三島はこれには関わっていません。海外旅行など夢のまた夢だった時代に、自力でチャンスを掴み取り、繰り返し日本列島の外へと飛び立っていたのです。

旅とは何か。ここではないどこか、いまではないいつかに行くこと。日常性の中で見失われた本来の自己へと回帰すること。特に三島の場合には、いったん自分の存在をリセットして、新たな創作活動に向かうエネルギーを蓄えるという意味が大きかったように思います。

しかし、仔細に見てみると、回を重ねるごとに旅の意味にもニュアンスの変化が認められ、それは20世紀後半の世界史のダイナミズムを映し出す鏡と

右下へ

最初の世界一周旅行から生まれた『アポロの杯』は、複数の雑誌に発表された紀行文の集成で、「航海日記」「北米紀行」「南米紀行—ブラジル」「欧洲紀行」「旅の思い出」の5章からなる。昭和27年、朝日新聞社刊。

もなっています。さあ、三島の言葉に耳を傾けつつ、地球の旅人の足跡を辿ってゆきましょう。

＊

1 アポロの杯——はじめての世界旅行

昭和26年12月25日。横浜の大桟橋からプレジデント・ウィルソン号に乗り

『旅の絵本』は第2次世界一周旅行の紀行文集で、昭和33年、講談社刊。表紙左下隅の写真で、麦藁帽子をかぶっているのは三島本人である。ウシュマル遺跡の傍にあるホテル「アシェンダ・ウシュマル」での撮影。

込んだ三島［31頁］は、ハワイで新年を迎え、サンフランシスコ、ロサンゼルスに滞在後、ニューヨークへと向かいます。そしてオペラやミュージカルを観劇、さらに南米に飛んで、リオのカーニバルも愉しみます。

　しかし、この世界旅行で三島にもっとも大きな喜びを与えたのは、4月に滞在したギリシアでした。『私の遍歴時代』（昭和39年）の中で当時を回顧した三島は、こう述べています。

　私はあこがれのギリシアに在って、終日ただ酔うがごとき心地がしていた。古代ギリシアには、「精神」などはなく、肉体と知性の均衡だけがあって、「精神」こそキリスト教のいまわしい発明だ、というのが私の考えであった。

さらに三島は、旅の最後に訪れたローマのヴァチカン美術館でアンティノウス像［下］に魅了され、こう書き記しています。

　私は今日、日本へかえる。さようなら、アンティノウスよ。われらの姿は精神に蝕《むしば》まれ、すでに年老いて、君の絶美の姿に似るべくもないが、ねがわくはアンティノウスよ、わが作品の形態をして、些《いささ》かでも君の形態の無上の詩に近づかしめんことを。

（旅行記『アポロの杯』より）

　三島にとってアンティノウスは、キリスト教の洗礼を受けないギリシアの最後の花なのでした。帰国した三島は、旅の興奮が続く中で、小説「潮騒」の構想を練ります。

　最初の世界旅行は、このように稔り豊かなものでしたが、忘れてはならないことがあります。三島がギリシアのデルフィに滞在していた、ちょうどその時。それは、昭和27年4月28日のことですが、サンフランシスコ講和条約が発効し、敗戦後の日本占領に終止符が打たれたのです。

　ここには、二重のイロニーが認められます。第一に、日本にとって極めて重大な事柄であるにもかかわらず、三島は『アポロの杯』でこれに一言も触れず、あたかも占領─独立という歴史的事実などまったく存在しないかのような書き方をしていること。もちろん、『アポロの杯』は旅行記なので、そこで三島が何も触れないのは当然のことかもしれません。それでは、国内在住の一般の日本人はどうだったのかと言えば、彼らもまた、この事態にきちん

ヴァチカン美術館で三島が夢中になったのは、ハドリアヌス帝に寵愛された美青年アンティノウスの彫像（2世紀中頃、高100㎝）。三島はこちらの胸像の他、2種の全身像についても言及している。『アポロの杯』の記述が最高潮に達する「欧洲紀行」の後半部分は、「希臘・羅馬紀行」として、「芸術新潮」昭和27年7月号に初出。

ウシュマル遺跡、支配者の宮殿の傍らから魔法使いのピラミッドを望む。彼方のジャングルに驟雨が降ったなら、約70年前に三島を震撼させたのとまさに同じ光景になる。photo：富井義夫／aflo

と処することが出来なかったのではないか。これが第二のイロニーです。確かに、当初はアメリカ、イギリスなど西側諸国との片面講和とすべきか、ソ連や中華民国（国民党政権）なども含めた全面講和かという議論の対立がありました。しかし、昭和25年6月に朝鮮戦争が勃発して以来、日本の選択肢は限られてしまいました。『アポロの杯』の記述がギリシア讃美に終始しているのは、そのような実態を暗に批判するためだ、とも読めます。

――いや、こんな曲がりくねった解釈こそ、私たちが「精神に蝕まれ、すでに年老いて」しまった証《あかし》に他なりません。今はただ、ギリシアにおける「肉体と知性の均衡」の美しさに三島が感銘した、ということだけを述べておきましょう。

*

2-1 メキシコ、ウシュマルの旅 ――時空の壁を越えて

『潮騒』（昭和29年）、『金閣寺』（同31年）、戯曲「鹿鳴館」（同）と、傑作、

話題作を相次いで世に送った三島は、ドナルド・キーンの英訳による『近代能楽集』の刊行プロモーションの一環として、版元のクノップ社からアメリカに招かれます。32歳の若さで、早くも日本を代表する文学者となった三島。これを機に、二度目の世界一周に旅立つことにします。前回と比べて、異国での体験の質ははるかに深くなり、おそらく生涯の旅行の中で、もっとも重要と思われる瞬間にも恵まれます。しかし、良いことばかりではなく、旅の絶望もしたたかに味わったのでした。

　まず、良き体験のほうから見てみましょう。英訳『近代能楽集』は話題を集め、その上演企画が持ちあがります。幕が開く前に三島はキューバ、メキシコなど中米諸国や米国南部諸州を回る旅に出かけることにしました。9月13日、メキシコ、ユカタン半島のマヤ文明遺跡ウシュマル〔113頁、右頁〕を訪れ、支配者の宮殿（総督の宮殿）が位置する高台から彼方のジャングルを見渡した時、その瞬間が三島を襲います。高台は輝かしい青空のもとにあるのに、遠方のジャングルには、激しい雨が降っていたのです。

> 今私は、晴天の午後の或る時と、はげしい大粒の雨の下にいる或る時と、二様の時間を同時に閲《けみ》しているように感じられる。
>
> （旅行記『旅の絵本』より）

旅とは、ここではないどこか、いまではないいつかに行くこと、つまり時空の壁を越えることですが、単に観光地に行ったというだけで、そういう体験が得られるとは限りません。ところが、いま三島は、晴れ渡った高台にいながら、驟雨に見舞われた彼方のジャングルの時空間を同時に生きている。これこそが、三島の求める本当の意味での旅なのです。

　この経験が重要なのは、三島文学の根本的な構造に関わっているからです。たとえば、『近代能楽集』の「卒塔婆小町」。これは、現代の貧乏詩人と薄汚れた老婆との対話劇ですが、やがて舞台は、鹿鳴館の舞踏会に飛翔して、詩人と老婆はワルツを踊ります。そもそも、『近代能楽集』という作品自体が、中世の能楽と現代劇とを自由に結びつける発想に由来しています。時空の壁を越えるという自作の根本構造を、いま、ウシュマルの地で、三島は全身で生きているのです。

　さらに、後年の三島が魅了された輪廻転生。それは、転生者から転生者へと、時空の壁を越えて存在が繋がってゆく観念です。「豊饒の海」第3巻の「暁の寺」でバンコクの北方にあるバンパイン離宮を訪れる道中のタイの王女に、三島はウシュマルでの出来事を追体験させています。

> 姫は時間と空間とを同時に見ていた。すなわち、彼方の驟雨の下の空間は、本来ここから見える由もない未来か過去かに属していた。身を現在の晴れた空間に置きながら、雨の世界を明瞭に見ていることは、異なる時間の共在でもあり、異なる空間の共在でもあって、雨雲が時間のずれを、はるかな距離が空間のずれを垣間見せていた。

2-2 ニューヨークでの挫折 ——暗転する現実

しかし、旅の現実は甘いものではあ

りませんでした。10月にニューヨークに戻った三島は、『近代能楽集』上演の企画が、何ら具体的に進展していないことを知って愕然とします。資金が集まらず、監督も決まっていなかったのです。三島自身も金銭的に苦しくなり、それまで滞在していた52丁目のパーク・アベニュー沿いにあった高級ホテル（グラッドストーン・ホテル）から、グリニッチ・ヴィレッジの安宿（ヴァン・ランセレア・ホテル）に移らざるをえなくなりました。それでも粘った三島でしたが、期待を裏切られ、騙されたかたちになった三島とプロデューサーとの関係も険悪になります。年の終りと共にニューヨークを去ることを決断。12月31日にアメリカを離れ、マドリッド、ローマを経て、翌昭和33年1月10日に帰国します。

　このように苦い思いをした旅でしたが、大いなる成功を求めてニューヨークに向かい、あるいは頂点に立ち、しかし多くは挫折してゆくという典型的な物語を、三島もまた演じたと言えるかもしれません。同じ物語を演じた一人に、三島より3ヶ月年長のトルーマン・カポーティがいます。既に東京で知り合っていた二人ですが、ちょうど三島のニューヨーク滞在時、カポーティは「ティファニーで朝食を」を書きあぐねていました。この時、ある行き違いから二人の関係はこじれてしまいます。詳しい経緯はここでは省略しますが、同族嫌悪の気配もある二人のことについては、ジェラルド・クラークの評伝『カポーティ』も伝えています。

*

3-1 セカンド・ハネムーン ——リベンジ！『近代能楽集』上演

昭和35年11月、三島は三度目の世界一周旅行に旅立ちます。今回は、夫人同伴の旅でした。2年前の昭和33年に三島は杉山瑤子と結婚し、熱海、京都、別府などを回る新婚旅行をしましたが、今回は世界を一周する、いわばセカンド・ハネムーンでした。

　この旅で特筆すべきことは、アメリカン・ナショナル・シアター・アンド・アカデミーのニューヨーク支部による「班女」と「葵上」（いずれも『近代能楽集』より）の実験公演（マチネ・シリーズ）に立ち会ったことです。同シリーズでは、ベケットやイヨネスコの作品も上演され、このことは前回の渡米時に上演が実現しなかったことのリベンジとなりました。特に、「葵上」で康子《やすこ》を演じたアン・ミーチャムの演技は素晴らしく、〈なめらかな深い声、明晰な発音、中年女のしつこい恋情と嫉妬の表現、……すべて私の夢みた六条康子の幻影に近いものでした〉（「ロ角の泡——「近代能楽集」ニューヨーク試演の記」）と三島も絶賛しています。もっとも、「班女」については、〈演出も演技も、日本の衛星劇団程度の出来で、昨夜寝不足だった私は、あくびをして、三十分の一幕のあいだに、二度ほど短かい眠りに落ち込みました〉と述べているのですが。

　他にも、ロサンゼルスで、そこを本拠とするニクソンが、大統領選挙でケネディに敗れる瞬間に立ち会ったこと、ニューヨークで瑤子とともに夫婦芸人に間違えられたことなど旅のエピソードには事欠きませんが、重要な出来事をもう一つ挙げるなら、パリでジャン・コクトオと初めて対面したこ

昭和35年11月1日からの第3次世界一周旅行には、2年前に結婚した瑤子夫人を同伴。ニューヨーク、ブロードウェイにて、11月12日か。撮影＝新潮社写真部

とです。

旧臘《きゅうろう》十五日の午後、朝吹登水子さんが私共夫婦を、コクトオの芝居の舞台稽古に連れて行って下さった。とにかく少年時代からあこがれのコクトオの実物を見ておきたいという気持と、岸恵子さんがその芝居の一つに主演しているのを見たいという気持と、この二つの理由で胸を躍らせて出かけたのは、われながら多少ミーちゃんハーちゃん的である。

〔……〕さて、そのコクトオだが、稽古場に茶いろの外套姿の長身のコクトオが現われたときには、一種の感激を禁じえなかった。これが永年憧れてきたコクトオその人だと思うと、後光がさしているようにみえた、というのは大袈裟《おおげさ》すぎるだろうか。

（「稽古場のコクトオ」）

対談などは行わず、まさしく一ファンとして三島はコクトオに接したわけですが、旅の目的から言っても、それは望ましいことでした。今回の旅行は、なんと言っても、セカンド・ハネムーンなのですから。

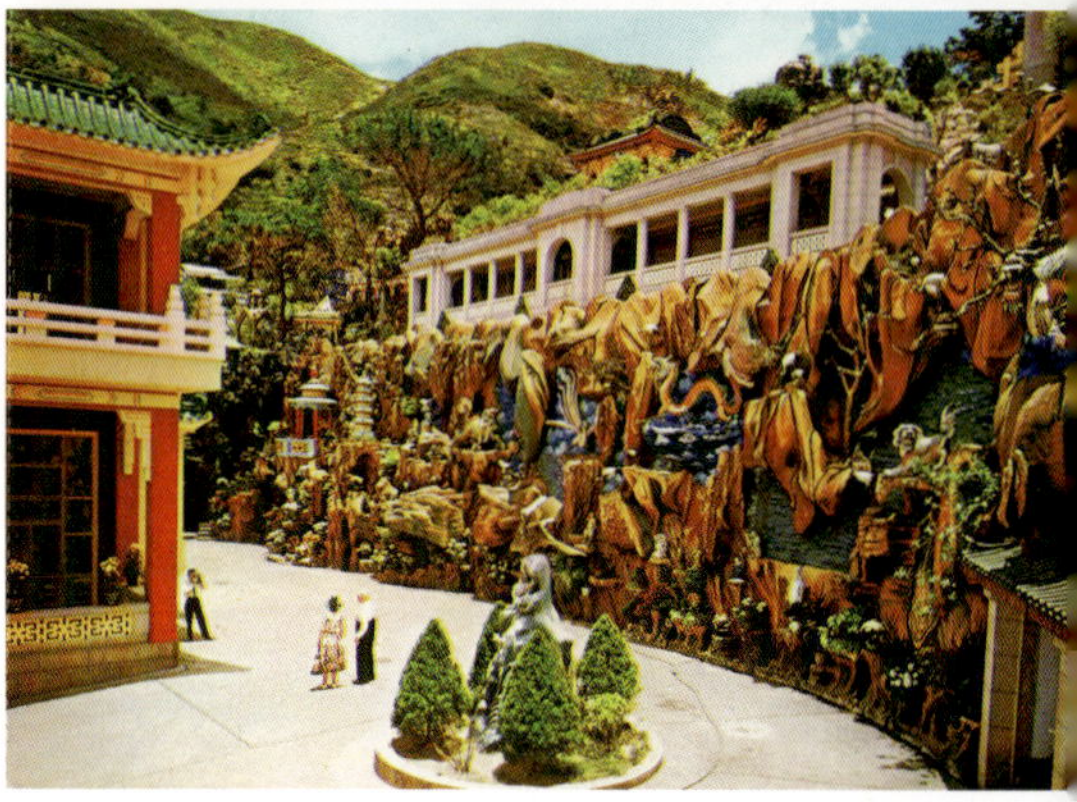

上、下／タイガー・バーム・ガーデンは、軟膏薬タイガー・バームの売り上げで巨富を得た胡文虎・胡文豹の兄弟が、香港島に造営した庭園。三島が訪ねたのは、昭和10年の建設から四半世紀後ということになる。その後、荒廃して現在は一部建物が残るのみ。これらは〝美に逆らう〟往時の盛観を伝える写真。

3-2 美に逆らうもの——タイガー・バーム・ガーデン

この旅をめぐっては、他方で以下の文章が残されています。

もう今度の旅では、私は「美」に期待しなくなっていた。解説された夥《おびただ》しい美、風景、美術館、建築、有名な山、有名な川、有名な湖、劇場、目をまどわす一瞬の美、そういうものに旅行者は容易に飽きる。旅立つ前から、私が夢みたのは、何とかして地上最醜のもの、いかなる「醜の美」をも持たず、ひたすらに美的感覚を逆撫でするようなもの、そういうものに遭遇したいという不逞な夢であった。

（「美に逆らうもの」）

この地球上のどこへ出かけても、もはや、ここではないどこか、いまではないいつかに行くことなど出来やしないのだ。そんな不安が三島の脳裏を掠め始めているのでしょうか。

やがて三島はこの不安の正体をしかと見極めることになりますが、それは昭和42年のインド、タイ、ラオス旅行においてです。今回の旅では、三島は辛うじて、「美に逆らうもの」を探り当てることが出来ました。それは、世界旅行の最後に訪れた、香港の庭園、タイガー・バーム・ガーデン［上2点］でした。

しかし、その「美に逆らうもの」から、いかなる新たな展望が引き出せるのか、はなはだ不透明です。

いたるところに美に対する精妙な悪意が働いていて、この庭のもっとも童話的な部分も、その悪意によってどす黒く汚れている。〔……〕一つの断片から一つの断片へ、一つの卑俗さから一つの卑俗さへと、人々は経めぐって、ついに何らの統一にも、何らの混沌にも出会わない。おのおののイメージは歴史や伝説からとられたものであるのに、ここにはみじんも歴史は感じられず、新鮮なペンキだけがてらてらと光っている。そして人々はこの夢魔的な現実のうちで、只一人の人間らしい顔にも出会わないのである。

実際、せっかく夫婦で世界旅行をしたにもかかわらず、その経験が、帰国後の三島の生を支える力になったとはとても思えません。帰国は昭和36年1月20日ですが、2月1日には嶋中事件（深沢七郎の「風流夢譚」が皇室を侮辱しているとして、掲載誌を発行する中央公論社の嶋中鵬二社長宅を右翼少年が襲った事件）が起こり、同作の推薦者とされた三島も右翼から脅迫されます。翌月には、小説「宴のあと」はプライバシーの権利を侵害しているという理由で、三島は有田八郎から訴えられました。

＊

4 ロンドンはもう死んでいる ——「芸術の死」の向うがわ

昭和36年と39年の二度の短いアメリカ旅行の後、三島はブリティッシュ・カウンシルの招待を受けてイギリスを訪れ、パリを経由して日本に戻ります。昭和40年3月のことでした。その間、メレディス・ウェザビー訳「仮面の告白」を草稿の段階から愛読した作家アンガス・ウィルソンと面談したり、セッカー＆ウォーバーグ、ガリマールなど有力出版社を訪ねるなど、精力的に活動しているように見えますが、今回の旅行は、生涯の中でももっとも暗い影に覆われたものだったかもしれません。三島は〈ロンドンで会った旧友のアメリカ人の作家が「ロンドンはもう死んでいる。ロンドンはここ三十五年間、もはや何も創造していない」と悪口をいっていたが、すべての国は、福祉国家へ向って文化的に死んでゆくのが現代の趨勢《すうせい》で、何も死んでいるのはイギリスばかりではない〉（「英国紀行」）と述べています。福祉国家とは、本来は国家によって雇用や社会保障制度が整備されている国のことですが、エッセイ「美に逆らうもの」の表現を借りるなら、「美のメカニズム」によってしつらえられた出来合いの「美」によって埋め尽くされている国という意味でもあります。そんな環境からは、創造的な文化は生まれないと三島は考えていました。

けれども、先の「英国紀行」で続けて三島は、次のようにも述べました。

しかし私は、すべての国が生活が向上し、画一化され、芸術を生産しなくなるときに、そういう全世界的な「芸術の死」の向うがわに、何か輝かしい、死をくぐりぬけた蘇りがあるような気もする。

上／パリ、セーヌ河畔の露天古本屋の前で。昭和40年10月上旬。撮影＝新潮社写真部このように言うとき、三島は「死をくぐりぬけた」その先に、自身の力によって新たな芸術を生み出そうとしていたのではないかと私には思われます。具体的には、3月末に帰国してから2ヶ月後に書き始めたライフワークの大作「豊饒の海」のことに他なりません。

*

5-1 雨期のタイ ——最後の世界一周

「春の雪」の連載第一回（昭和40年9月号）が発売されたのを見てから、三島は4度目にして最後の世界一周旅行に出発します。今回も夫人同伴で、ニューヨークではウォルドルフ・アストリアに宿泊しました。たまたま大江健三郎と同宿で、「午後の曳航」を英訳したジョン・ネイスンに宛てた三島書簡には、〈一度一緒に昼飯を喰い、いろいろ日本の小説家の悪口など言って、たのしい午後をすごしました。パーク・アヴェニューの僕の好きな飾物店へ案内したら、彼は革製の大きな犀《さい》を買ってしまい、奥さんに怒られるのではないか、と心配していました。でもいかにも大江君らしい買物でした〉とあります。

その後、ストックホルム、パリ、ハンブルクに滞在、パリでは離日前に完成し、翌年にはツールでの国際短編映画祭に出品されることになる映画『憂国』の試写に立ち会っています。しかし、今回の旅の最大の目的地は、その後フランクフルトから数ヶ所を経由して訪れたタイでした。「豊饒の海」の第3巻ではタイが舞台となるので、その取材のためです。

バンコクに到着した10月12日は雨期。当時の取材ノートを見ると、冒頭に次のようにあります。

バンコックは雨期だつた。空気はいつも軽い雨滴を含んでゐた。強い日ざしの中にも、しばしば雨滴が舞つてゐた。しかし空のどこかにハ必ず青空が覗かれ、雲はともするとその日のまはりに深く、そのまはりの空は燦爛とかゞやいてゐた。驟雨の来る前の空の深い予兆にみちた灰黒色はすごかつた。その暗示に充ちた黒は、椰子の木をところ〴〵に点綴する緑に充ちた低い町並を覆うた。

この文章は、「暁の寺」の冒頭で、ほぼそのままの形で用いられています。タイに足を踏み入れると同時に、もはや清書原稿と言ってよい文章を生み出している鬼才ぶりに驚かされます。三島は続けて大理石寺院、ワット・ポー（涅槃寺）、そして暁の寺を取材。薔薇宮では、潜入していたコミュニストが逮捕されたため見学許可を取り消されましたが、瑤子夫人が両手で生垣をかき分けている間に、覗き見て取材しました。もちろん、バンパイン離宮［36頁］も訪れています。三島は離宮を訪れるタイの王女にウシュマルでの出来事を追体験させたと前に記しましたが、正確に言えば、三島自身がウシュマルにおける時空の壁を越える体験を、もう一度生き直したのです。取材ノートにはその光景の簡単なスケッチも描かれています。

また、3日ほどの日程でカンボジアにも足を延ばし、アンコール・ワット、アンコール・トム［左頁］を見学して、戯曲「癩王のテラス」の着想を得ました。

5-2 黒髪の蕾——旅の間奏曲？

ところで、当時、フランクフルトからバンコクへの直行便はなく、三島が利用したルフトハンザ機はカイロやカルカッタ（コルカタ）を経由しましたが、カイロで客室乗務員の入れ替えがあり、黒髪のお河童頭で和服の女性が搭乗しました。彼女については、あるエピソードがあります。

やはり経由地の一つ、サウジアラビアのダーランの待合室でのことです。彼女は初老の外国人に口説かれていましたが、機を見て、三島もバンコクでの食事の約束を取り付けます。聞けば、乗客のある日本人教授からも、あなたは蕾のような女性だと口説かれたとのことです。

さて、バンコクで三島は、ノースリーブのタイ・シルクのワンピースを身にまとった彼女と食事に出かけ、ダンスも踊ります。自分は顔と心が正反対だという彼女に対し、蕾ってどんな顔をしているんだいと、三島も軽口をもって応えます。そのやりとりの一部始終を三島はメモに残しているのですが、いったい何のためでしょうか。それは単なる旅の間奏曲でしょうか。

そうではありません。三島が帰国したのは昭和40年10月末ですが、帰国後最初の原稿は12月発売の「新潮」昭和41年1月号に掲載されました。それは「春の雪」の清顕と聡子が、人力車のなかではじめて接吻を交わす場面です。この箇所は日本の近代小説の中でもっとも美しく、もっとも官能的なキスシーンだと私は思いますが、黒髪の蕾のエピソードは、その描写のための素材の一つとして書き留められたのではないでしょうか。

＊

6-1 切り落される首——供犠について

昭和42年9月、インド政府の招きによって三島は夫人とともにインドに出

上／欧州からタイに入った三島は、さらにカンボジアに足を延ばす。写真は昭和40年10月、アンコール・トムにて。この東南アジアへの旅は、小説「暁の寺」や戯曲「癩王のテラス」のもとになる見聞を得た、稔り多きものだった。

発し、タイ、ラオスも訪れます（夫人は先に帰国）。このうちインドでは、かつてメキシコのウシュマルで体験したのに匹敵する、いや、それを上回る瞬間に見舞われます。さらに、旅と時間と空間との関係をめぐって、独自の思索を深めます。まず、前者について見てみましょう。

インドの聖地ベナレス（ヴァラナシ）が三島に強烈な印象を与えたのは言うまでもありませんが、ここではヒンズー教の供犠について述べた、次の文章に注目したいと思います。

ヒンズーは犠牲の宗教であるが、かつてジャイプールで行われた夥《おびただ》しい人身供犠の代りに牡の山羊《やぎ》が一般に犠牲に供される。ベンガル州は、殊にサクティ（精力）信仰のさかんなところで、その信仰の対象は血に飢えた大母神カリーであるから、カルカッタの有名なカリー寺院では、毎日三、四十頭、特別の祭日には四百頭の、牡山羊の犠牲が、衆目の前で行われる。世界でこんなに公然と犠牲の儀式が行われるのはここだけかもしれない。

犠牲台の首枷《くびかせ》にはさまれて悲しみの叫びをあげる小山羊、一撃の下に切り落される首、……そこには、本来人間が直面すべきもので、近代生活が厚い衛生的な仮面の下に隠してしまった、人間性の真紅の真相がの

昭和42年10月、インドにて。9月26日、まずボンベイに入った三島は、アジャンタ、エローラの両遺跡を見学。続いてジャイプール（10月1日）、アグラ（同2日）、ニューデリー（同3日）、ベナレス（同7日）、カルカッタ（同8～11日）と精力的に回り、さらにタイ、ラオスをも訪れた。

ぞいている。

　私はこの国の仏教の衰滅を思うごとに、洗練されて、哲学的に体系化されて、普遍性を獲得した宗教というものが、その土地の「自然」の根源的な力から見離されてゆくという法則を思わずにはいられなかった。

（「インド通信」）

6-2 失われたどこか／いつかを求めて ——創作ノートより

　前回の旅で、三島はウシュマル体験を生き直したということを述べました。しかし、よく考えてみると、これでは地球上のどこに出かけても、結局のところ二番煎じの旅にしかならない、ということでもあります。どうしたら、二度と繰り返されることのないもの、その一回的で根源的な何かを体験することが出来るのか。そういう思いが三島を捉え始めます。関連して、インド、タイ、ラオス旅行の取材、創作ノートの終盤近くに、三島は旅と時間と空間との関係をめぐって、以下のように書き記しています。


昔は空間的世界像の端のはうは時間に融けてゐた。（現在の宇宙と同じ）昔は遠い存在は時間を含んでゐた。同時的把握による世界像は小さかつた。テレビの発達は、同時的世界像を提供し、時間を蝕んでしまつた。視聴率は、時間的営為にとつて代る。

コミュニケーションと時差。昔は遠い存在は時間を含んでゐた。旅行に時間かかる故。昔は空間的世界は時間を含んでゐた。「同時的世界像」はなかつた。空間的世界は観念的だつた。飛行機旅行の功罪。


　これは、時空の壁を越えるという意味ではありません。反対に、壁という壁がなくなってしまい、すべてがここといまだけになってしまったという意味です。これこそが、この地球上のどこへ出かけても、ここではないどこか、いまではないいつかに行くことなど出来ないという不安の正体でした。あらゆる情報がモニター上の再生回数に換算される現代のデジタル社会を予見しているかのような認識です。しかし、三島はそれに抗い、あくまでも、ここではないどこか、いまではないいつかを求め続けたのではないでしょうか。

　三島最後の海外旅行は、昭和44年12月の韓国訪問でした。これについて、三島は次のようなことを書いています。ちなみに、文中の「この事件」とは、昭和45年3月31日に起こった「よど号」ハイジャック事件のことです。


　大体私がこの事件に興味を持ったのも、昨年の十二月韓国へ行き、東海岸からソウルへ帰ったYS―11がそのあくる日、東海岸からハイジャックされて北鮮へ連れて行かれたという、まさに一日違いのスリルを味わった経験からであった。私がそのまま北鮮へ連れて行かれたらどうなったかわからない。

（「行動学入門」）


　三島は無事帰国します。しかし、そのおよそ1年後、ここではないどこか、いまではないいつかに向かう十番目の旅に赴いたのかもしれません。それは死への旅でした。

『あいつら！　あいつら！』

——美青年は歯ぎしりした。『御休憩三百五十円の連れ込み宿で天下晴れて乳繰り合うあいつら！　うまく行けば鼠の巣のような愛の巣を営むあいつら！（中略）一生に一度か二度、せい一杯の吝《けち》くさい浮気《うわき》をたくらむあいつら！　死ぬまで健全な家庭と健全な道徳と良識と自己満足を売り物にするあいつら！』

しかしいつも勝利は凡庸さの側にある。悠一は自分のせい一杯の軽蔑が、彼等の自然な軽蔑に敵《かな》わないことを知っていた。

「禁色」より

その夏の金閣は、

つぎつぎと悲報が届いて来る戦争の暗い状態を餌《えさ》にして、一そういきいきと輝やいているように見えた。（中略）

戦乱と不安、多くの屍と夥《おびただ》しい血が、金閣の美を富ますのは自然であった。もともと金閣は不安が建てた建築、一人の将軍を中心にした多くの暗い心の持主が企てた建築だったのだ。

「金閣寺」より

だが、もし人類が滅んだら、

私は少くとも、その五つの美点をうまく纏《まと》めて、一つの墓碑銘を書かずにはいられないだろう。（中略）その碑文の草案は次のようなものだ。

『地球なる一惑星に住める
　人間なる一種族ここに眠る。
彼らは嘘《うそ》をつきっぱなしについた。
彼らは吉凶につけて花を飾った。
彼らはよく小鳥を飼った。
彼らは約束の時間にしばしば遅れた。
そして彼らはよく笑った。（後略）』

「美しい星」より

わが目標は一点のみ。

敵空母のリフトだけだ。
　爆弾の信管の安全ピンを抜き、列機に突撃開始の合図を送る。あとは一路あるのみだ。
　機首を下げ、目標へ向って突入するだけだ。狙いをあやまたずに。
　そして、勇気とは、ただ、
　見ることだ
　見ることだ
　見ることだ

「英霊の声」より

●高梨豊《三島由紀夫、作家》 1968年

おやすみ ミニアンソロジー

「僕は幻のために生き、幻をめがけて行動し、幻によって罰せられたわけですね。……どうか幻でないものがほしいと思います」

「大人になればそれが手に入るのだよ」

「大人になるより、……そうだ、女に生れ変ったらいいかもしれません。女なら、幻など追わんで生きられるでしょう、母さん」

勲は亀裂《きれつ》が生じたように笑った。

豊饒の海・第2巻「奔馬」より

＊本書は「芸術新潮」2020年12月号特集「没後50年 21世紀のための三島由紀夫入門」を再編集したものです。「玉三郎、三島歌舞伎を演じる」「地球の旅人・三島由紀夫」は書き下ろしです。

〈シンボルマーク〉
nakaban

〈ブックデザイン〉
赤波江春奈＋日下潤一

【主要参考文献】三島由紀夫自身の著作を除く

◆『新潮日本文学アルバム20　三島由紀夫』新潮社　1983年
◆猪瀬直樹『ペルソナ　三島由紀夫伝』文藝春秋　1995年
◆平岡梓『伜・三島由紀夫』文春文庫　1996年
◆ジョン・ネイスン／野口武彦訳『新版・三島由紀夫―ある評伝―』新潮社　2000年
◆堂本正樹『回想　回転扉の三島由紀夫』文春新書　2005年
◆井上隆史『日本の作家49　豊饒なる仮面　三島由紀夫』新典社　2009年
◆宮下規久朗・井上隆史『三島由紀夫の愛した美術（とんぼの本）』新潮社　2010年
◆松本徹監修「別冊太陽　日本のこころ175　三島由紀夫」平凡社　2010年
◆高橋睦郎『在りし、在らまほしかりし三島由紀夫』平凡社　2016年
◆井上隆史『暴流の人　三島由紀夫』平凡社　2020年
◆平野啓一郎『三島由紀夫論』新潮社　2023年

本書の掲載写真で、撮影者ご本人、またはご遺族の方に連絡が取れないものがありました。お心当たりのある方は編集部までお知らせくださいますよう、お願いいたします。

とんぼの本

21世紀《せいき》のための三島由紀夫《みしまゆきお》入門《にゅうもん》

発行　2025年2月25日

著者　平野啓一郎《ひらのけいいちろう》　井上隆史《いのうえたかし》　芸術新潮編集部《げいじゅつしんちょうへんしゅうぶ》編
発行者　佐藤隆信
発行所　株式会社新潮社
住所　〒162-8711　東京都新宿区矢来町71
電話　編集部 03-3266-5381
読者係 03-3266-5111
ホームページ　https://www.shinchosha.co.jp/tonbo/
DTP　新潮社デジタル編集支援室
印刷所　大日本印刷株式会社
製本所　加藤製本株式会社

ISBN978-4-10-602308-8　C0395